E. K. JOHNSTON

STAR WARS™

O DESAFIO DA RAINHA

São Paulo
2024

Disney · Lucasfilm

Grupo Editorial
UNIVERSO DOS LIVROS

Star Wars: O desafio da rainha é uma obra de ficção. Todos os nomes, lugares e situações são resultantes da imaginação dos autores ou empregados em prol da ficção. Qualquer semelhança com eventos, locais e pessoas, vivas ou mortas, é mera coincidência.

Diretor editorial
Luis Matos

Gerente editorial
Marcia Batista

Produção editorial
Letícia Nakamura
Raquel F. Abranches

Tradução
Felipe CF Vieira

Preparação
Alexander Barutti

Revisão
Monique D'Orazio
Tássia Carvalho

Arte
Renato Klisman

Ilustração de Capa
Tara Phillips

Design de Capa
Leigh Zieske

Dados Internacionais de Catalogação na Publicação (CIP)
Angélica Ilacqua CRB-8/7057

J65s

Johnston, E. K.
Star Wars : o desafio da rainha / E. K. Johnston ;
tradução de Felipe CF Vieira. -- São Paulo : Universo dos Livros, 2024.
(Trilogia Padmé Amidala, vol. 2)
240 p.

ISBN 978-65-5609-659-9
Título original: *Star Wars: Queen's peril*

1. Ficção norte-americana 2. Ficção científica
I. Título II. Vieira, Felipe CF

24-2128 CDD 813.6

Universo dos Livros Editora Ltda.
Avenida Ordem e Progresso, 157 — 8º andar — Conj. 803
CEP 01141-030 — Barra Funda — São Paulo/SP
Telefone: (11) 3392-3336
www.universodoslivros.com.br
e-mail: editor@universodoslivros.com.br

Para Bria, Rachel e Katherine,
que felizmente não perguntaram nada
que eu não pudesse responder.

A GAROTA DO VESTIDO *branco tinha o cérebro da mãe e o coração do pai, e uma fagulha que era toda própria. Uma inteligência, uma direção e uma compaixão tão brilhantes quanto as estrelas. Mas agora estava sozinha, e ninguém poderia ajudá-la. Independentemente do que acontecesse, de como fosse registrado e de como fosse lembrado, ela estava sozinha.*

Desde pequena, ela queria ajudar. Seu pai a levara para outros planetas em missões de ajuda humanitária. Ela havia pisado em mundos moribundos e tentado evitar o inevitável. Às vezes não era suficiente, mas ela sempre se voluntariava para tentar de novo.

Algum tempo depois, ela voltou a atenção para seu próprio planeta. Não havia grandes desafios em Naboo. O setor estava em paz, o planeta prosperava. Mesmo assim, havia trabalho a fazer, trabalho que ela sentia que podia fazer. E ela queria fazer.

Não era suficiente apenas aceitar os sonhos de seus pais. Ela queria sentir que havia alcançado o mais longe que podia, que havia feito o máximo que era capaz. E, para uma garota em Naboo, isso significava ser eleita rainha. Ela era mais jovem do que a maioria, mas isso não a impediria.

Quanto mais pensava sobre isso, mais percebia que governar o planeta seria um desafio maior do que imaginava. A galáxia era enorme e Naboo era um planeta bonito, sem muita defesa. A atual rainha havia ignorado seus vizinhos. O senador era forte, mas sua lista de aliados era pequena. Ela sabia que estava à altura do desafio.

E agora ela esperava sozinha, em uma pequena sala nos andares inferiores do palácio. A campanha havia terminado, a votação se encerrara. Logo os resultados seriam anunciados, e então ela saberia; mas, em seu coração, ela já sabia. Sempre soubera. Ela se criara para servir e faria isso da posição mais alta possível.

A porta se abriu com um silvo, e uma silhueta familiar bloqueou a luz. O zumbido de um droide flutuante preencheu seus ouvidos. A garota se endireitou. Ela sempre agia como se estivesse sendo observada. Sua aparência era sua primeira linha de defesa, e ela planejava usá-la tão deliberadamente quanto fosse possível.

— Vossa Alteza — Quarsh Panás disse, com o mais leve indício de um sorriso nos lábios. Seu capitão ainda estava começando a conhecê-la, mas ela confiava em suas intenções. — A eleição acabou. O seu trabalho começa agora.

A garota do vestido branco seria rainha, e ela estava pronta.

FORÇA

ESSE NÃO ERA O jeito normal de receber os resultados do exame. O Conservatório de Theed atraía estudantes de todo o planeta, mesmo não sendo nem de longe a única escola de música de Naboo. E nem era, na opinião pública, a melhor de todas. Localizada em um prédio antigo, longe de todos os principais centros de entretenimento da cidade, o conservatório era conhecido por suas tradições. Era por isso que as famílias enviavam seus filhos para estudar lá. Um músico treinado naquele conservatório era consistente. Estável. Confiável. Pronto para transmitir as tradições para uma nova geração de ouvintes e outros estudantes, quisessem ou não.

Tsabin odiara quase todos os momentos ali.

Nunca houvera qualquer dúvida sobre para onde ela seria enviada. Nenhuma dúvida sobre qual instrumento ela tocaria. Seus irmãos desbravaram o caminho antes dela, e tudo que precisava fazer agora era segui-lo. Nunca houvera dúvida sobre ela fazer algo tão audacioso quanto conduzir. *Ela apenas não tinha o talento para isso. Era boa o bastante e, em outro planeta, poderia até ganhar a vida como solista em algum lugar desavisado, mas Tsabin soubera a vida toda que ela nunca estaria na primeira fila de alguma orquestra.*

E agora esperava em uma pequena sala, olhando para uma cadeira vazia do outro lado de uma mesa qualquer. Ela fora enviada até ali pelo droide inspetor, sem nem reparar no número pouco familiar da sala, achando que descobriria como tinha se saído nas provas finais. Em vez disso: uma sala escura e uma espera interminável.

Tsabin havia chegado muito longe, sempre escondendo seus verdadeiros sentimentos de todo mundo, e não seria agora que ela cederia, nem mesmo diante daquela burocracia ultrapassada.

A porta finalmente se abriu — com dobradiças de verdade, porque esse era o tipo de lugar que o Conservatório de Theed era — e Tsabin se ajeitou na cadeira. Mesmo se fosse apenas o droide, era importante estar preparada. Os droides do conservatório monitoravam a postura e comportamento dos alunos, analisando quem mais se *parecia* com um músico, além de realizarem tarefas mundanas. Mas a pessoa na porta não era um droide. Tsabin respirou fundo sem deixar transparecer, o que era outro benefício de uma educação no conservatório.

Ele era mais alto do que ela, o que não dizia muito, mas era algo para começar. Vestia as cores azul e castanha da Força de Segurança Real de Naboo, o chapéu debaixo do braço desde que havia entrado. Tinha o cabelo curto e pele marrom, e os olhos eram quase afetuosos, exceto por algo que o impedia de chegar a esse nível de relaxamento. Ele sentou-se na outra cadeira sem se apresentar e deixou o chapéu sobre a mesa entre os dois.

Se o oficial de segurança achava que iria intimidá-la, ele escolhera o dia errado para isso. Os exames haviam acabado e Tsabin havia dormido a noite toda pela primeira vez em semanas. Toda sua família entrara em contato com ela naquela manhã. Seus irmãos a tranquilizaram dizendo que tudo daria certo e seus pais deixaram o contato de onde estariam quando os resultados fossem divulgados. Ela sabia que não havia feito nada para merecer aquela visita, então deveria ser algo inusitado. Ele provavelmente queria algo dela. Então Tsabin olhou sem preocupação para o oficial, com todos os muros que ela construíra se impondo entre eles.

Depois de vários longos minutos, o leve indício de um sorriso apareceu nos lábios dele e ele estendeu a mão sobre a mesa para ela, a palma virada para cima.

— Quarsh Panás — disse. — Força de Segurança Real. Mas acho que você percebeu isso sozinha.

— Tsabin — ela respondeu, apertando educadamente sua mão. — Sim.

Ele a soltou e ela retornou a mão sobre seu colo. Ele fechou a sua sobre a mesa e olhou para ela.

— O que você acha da eleição? — ele perguntou.

Tsabin não conseguiu disfarçar quando ergueu uma sobrancelha. Não esperava aquela pergunta.

— Não tenho obrigação de contar a você — respondeu.

— É verdade — ele disse, e quase riu. — Você pode pelo menos confirmar que está ciente das candidatas?

— É claro. Este é o primeiro ano em que posso votar.

— Você tem treze anos — ele disse. O oficial se recostou na cadeira sem qualquer aparência de que estava baixando a guarda.

— Já terei catorze quando a eleição acabar — ela disse. — Você deve ter ao menos descoberto minha data de nascimento antes de entrar aqui.

— Sim, descobri — respondeu ele. E bateu os dedos sobre a mesa.

Tsabin estava começando a se irritar. Sim, era o primeiro dia do resto de sua vida — ao menos em teoria, já que sua educação formal estava praticamente completa — e ela não tinha exatamente muitos planos, mas também não queria desperdiçar o dia naquela sala com aquele homem.

— Seus professores dizem que você é diligente — afirmou Panás. — Nunca se atrasa. Tem escrúpulos quando se trata de fazer a sua parte, e a sua conduta é sempre quase perfeita.

Tsabin esperou pela parte negativa, que sempre vinha.

— Mas você está sempre em segundo lugar — Panás continuou. — Em tudo que sempre tentou.

Quase catorze anos de autocontrole conquistado a duras penas reverberaram por todo o corpo de Tsabin. Mas ela não daria a satisfação de mostrar o quanto aquilo doía. Nunca, nunca daria isso a ninguém. Seu estômago se apertou, mas ela não piscou nem deixou transparecer nada em seu rosto. Elas eram, afinal de contas, a verdade: seus irmãos eram melhores músicos do que ela e, não importava o que fizesse, sempre havia alguém que fazia melhor.

Panás se levantou e pegou o chapéu sobre a mesa.

— Não posso dizer nada oficialmente, claro — ele disse. — Mas eu pediria a você que, até o final da eleição, não aceitasse nenhuma oferta para se tornar aprendiz. Entrarei em contato.

Com aquelas palavras, ele foi embora. Tsabin estava livre para sair. Mas levou a mão até o bolso e retirou sua tela, onde acessou a lista de candidatas concorrendo ao cargo de rainha de Naboo. Já havia lido os nomes e plataformas antes, mas dessa vez olhou com cuidado as candidatas. Olhou para ela.

Amidala *era seu nome. Elas poderiam ser gêmeas, ou quase. Duas garotas com o mesmo rosto. E um oficial de segurança havia se deslocado até ali para conversar com uma garota que sempre chegava em segundo lugar.*

Tsabin permaneceu na sala até o droide aparecer procurando por ela, sua mente acesa com as possibilidades.

CAPÍTULO 1

NA MANHÃ DA ELEIÇÃO, Quarsh Panás deixou o chá esfriar. Sua esposa, Mariek, recém-chegada de seu turno no palácio, não hesitou e tomou o chá quando ficou claro que ele não sairia da frente da tela para algo tão mundano quanto o café da manhã. Ela também roubou a fruta fresca do prato dele.

— É cedo demais para ficar checando isso — ela argumentou, de boca cheia.

— Não estou checando os resultados — ele disse.

Havia décadas que não acontecia algum escândalo durante uma eleição em Naboo, mas Panás não deixaria esse recorde ser quebrado sob seu comando. Como capitão da Força de Segurança Real, era seu privilégio assegurar que tudo corresse sem problema algum. Isso era ainda mais importante agora: a candidata cuja proteção fora designada a ele era a favorita para vencer. Panás estaria pronto para qualquer coisa. Havia multidões para monitorar e, embora a Força de Segurança fosse mais do que capaz disso, ele estava curioso sobre o que os holojornais poderiam pegar. Era sempre melhor ter o máximo de olhos possível.

— Vou dormir — Mariek disse.

Panás ergueu os olhos ao ouvir aquilo. Ela se levantou e ele tomou sua mão. Trabalhavam em turnos opostos desde que Panás foi destacado para a segurança eleitoral, para cuidar do que uma nova monarca pudesse precisar, e ele sentia falta da esposa.

— Durma bem, meu amor — ele disse.

— Coma alguma coisa, por favor — ela respondeu e o deixou sozinho.

Panás obedeceu e deu três mordidas na comida em seu prato, e havia acabado de decidir que talvez estivesse mesmo com fome, quando seu comunicador pessoal tocou.

— Panás — ele disse, segurando o aparelho na palma da mão. Uma imagem se formou e uma forma familiar apareceu no comunicador. Ele se ajeitou. — Senador Palpatine?

— Bom dia, capitão — o senador disse.

Geralmente, o senador de Naboo retornava para votar, em uma demonstração para seu povo e para a República de que levava muito a sério todos os seus papéis dentro do sistema democrático. Porém, daquela vez ele tinha sido impedido por algo importante. Honestamente, Panás sentia falta dele. Tudo parecia correr melhor quando o senador estava por perto e sempre tinha sido assim, mesmo quando Panás ainda era um funcionário do escritório legislativo e a estrela de Palpatine estava em ascensão. Era útil ter colegas em quem pudesse confiar.

— Desculpe por entrar em contato tão cedo — Palpatine continuou. — Haverá uma votação mais tarde que não posso perder, mas eu queria checar como as coisas estão indo e, com a diferença de horários, quando meus assuntos no Senado terminarem, será tarde demais.

— Sem problemas, senador — Panás respondeu. — Tudo aqui está indo bem. As filas estão em ordem e as urnas serão abertas em menos de meia hora. Tudo indica que será uma eleição tranquila.

— Eles já apontam algum resultado? — Palpatine perguntou.

Panás hesitou. Tecnicamente, como oficiais do governo, eles deveriam desencorajar qualquer especulação. Como cidadãos, porém, estavam livres para discutir suas ideias. Panás sempre tomava cuidado para separar seu trabalho e sua vida particular. Era uma das razões do sucesso de seu casamento.

— Não oficialmente, é claro — ele disse. Panás apanhou a xícara de chá, esquecendo que Mariek já havia tomado tudo. — Mas parece que seu palpite estava certo. Não será um escândalo se ela não vencer, mas será uma surpresa.

Via de regra, as rainhas de Naboo mantinham seu cargo por dois mandatos inteiros. Entretanto, quando a rainha Réillata havia renunciado depois de apenas um mandato, o planeta precisara eleger uma substituta antes do esperado. Havia candidatas maravilhosas, é claro — assim mandava a tradição de Naboo —, mas a população estava mais dividida do que o normal. Sanandrassa não tinha sido uma rainha ruim, mas não tinha o apoio esperado para um monarca no poder. Sua reeleição era, na melhor das hipóteses, improvável.

— Bom, bom — Palpatine disse. Seu olhar se desviou por um segundo. Algo em Coruscant chamou sua atenção. — Estou ansioso para ver isso acontecer, capitão. Enquanto isso, eu lhe peço desculpas, mas o novo projeto de lei de tributação finalmente foi transmitido e eles precisam de minha atenção.

— É claro, senador — Panás respondeu. — Obrigado pela ligação.

Palpatine desconectou sem qualquer outro comentário, e Panás mudou o canal de sua tela de volta para as notícias. Sempre era assim com eles: o trabalho em primeiro lugar. Panás achava isso reconfortante. Nunca havia dúvida alguma sobre sua posição.

Seu cronômetro emitiu um sinal, indicando que era mais tarde do que imaginava. Mariek já havia votado mais cedo — Panás a acompanhara, mas não tinha votado. Ele adorava o dia da eleição e seu trabalho não começava antes do meio da tarde, então estava livre para votar em uma urna comum. Assobiando satisfeito — uma música presa em sua mente desde que saiu do conservatório —, ele deixou a louça na lavadora, certificou-se de que levava sua identidade no bolso, calçou as botas e saiu para fazer a diferença.

Ruwee Naberrie tirou a serragem de suas roupas e se perguntou onde em sua vida tudo dera errado. Geralmente, ele tomaria um momento para observar as lascas de madeira caindo, evidência de um trabalho feito em detalhes perfeitos, mas hoje não havia tempo para isso. Hoje, apesar de seus melhores esforços, sua filha não precisava dele.

Ela já não estava mais lá. Fazia dias que ele não a via, exceto no noticiário, quando tinha feito discursos de última hora, e depois outra vez naquela manhã, quando ela e as outras candidatas votaram ao vivo para que todo o planeta assistisse. Era estranho pensar nisso, sua filha mais jovem tentando se tornar rainha do planeta, e ele não podia reconhecê-la como tal.

As pessoas sabiam, é claro. Era impossível alcançar o anonimato completo, mesmo com a máquina apurada da democracia de Naboo. Mas ninguém estragaria o disfarce de Amidala. Mais tarde, se ela fosse bem-sucedida e seu reinado fosse favorável, sua família e amigos explodiriam de orgulho, mas isso seria apenas quando o mandato terminasse. Agora, Naboo precisava de uma rainha.

Ruwee freou seus pensamentos antes que corressem demais para o futuro. Podia não vencer a eleição. Ela se saíra muito bem durante a campanha, mas isso nem sempre era indicação de sucesso. Ruwee deixara a política havia muito tempo, exceto quando alguma causa o puxava de volta e ele usava seus muitos contatos fora do planeta — e ele sabia muito bem como tudo funcionava. As coisas sempre podiam acabar de um jeito inesperado.

E, forçado a ser honesto consigo mesmo, quase torcia para que fosse assim. Se perdesse, então sua filha poderia continuar sendo ela mesma, sem os olhos de centenas acompanhando cada passo seu. Ruwee não duvidava nem por um instante de que sua filha genuinamente queria ser rainha, mas isso não era o que ele esperava para ela. Queria que suas filhas fossem felizes em primeiro lugar e que servissem a seu planeta fora dessa felicidade. Ser eleita poderia fazê-la feliz, mas isso sempre estaria ligado a algo mais.

Ele ainda votaria nela, obviamente.

— Ruwee, está na hora de ir! — Jobal chamou de dentro da casa bem localizada.

Diferente de seu marido, Jobal Naberrie tinha poucas dúvidas sobre como aquele dia terminaria e não sentia a relutância dele sobre o provável desfecho. A filha do casal era jovem, e com a atenção sobre sua vida pública que a tradição de Naboo manteria sobre ela, não havia razão para que não seguisse em frente quando seu mandato acabasse. Jobal sentia um enorme orgulho, é claro, e também muita curiosidade sobre o que sua filha faria. Era uma sensação estranha, uma sensação que Ruwee simplesmente não *entendia*, mas que Jobal não conseguia afastar. Ao menos, ela pensava, equilibrava bem as preocupações dele.

Um holograma da família chamou sua atenção, e Jobal o observou por um longo momento. A imagem capturava Padmé e sua irmã no jardim quando eram crianças, cuidadosamente retirando ervas daninhas de uma fileira de vegetais. Padmé havia insistido em plantar uma horta e fazia quase todo o trabalho sozinha, certa de que a comida que produzia poderia ser distribuída para quem precisasse. Mesmo naquele momento congelado do passado, Padmé era uma força da natureza. Jobal sabia disso. Havia testemunhado desde que as garotas eram pequenas. Explorar esse potencial tão cedo era uma dádiva e Jobal sabia que sua filha não o desperdiçaria.

Ruwee se juntou a ela na sala de estar, e Jobal tirou o resto da serragem de suas roupas. Ela franziu o nariz quando uma fina nuvem preencheu o ar; não porque desaprovava, mas porque sempre a fazia querer espirrar. Seu marido chegou mais perto e a beijou.

— Não começa — ela disse.

— É feriado! — declarou ele. Ela percebeu que ele decidira não reclamar mais e ficou agradecida por isso.

— Você pode celebrar mais tarde. — Ela lhe entregou o chapéu e o conduziu para o saguão de entrada quando ele o colocou na cabeça.

Jobal sentou-se para amarrar os sapatos e certificou-se de que ele havia escolhido outra coisa que não fossem suas botas de jardinagem.

— Está pronto? — ela perguntou.

— Para nossa filha ser a rainha de Naboo?

Ele ficou em silêncio por um longo momento, com uma das mãos segurando a porta sem a abrir.

— Quer saber, acho que estou — ele disse. — Não estava até agora há pouco, mas ela trabalhou tanto, e respeito isso.

— Fico imaginando de quem ela herdou tanta ética no trabalho — comentou Jobal, retoricamente, mas Ruwee não deixava nada escapar.

— Está dizendo que é culpa nossa? — ele perguntou.

— Nós a levamos para fora do planeta em missões de ajuda humanitária quando ela tinha sete anos — Jobal respondeu. — Acho que isso contribuiu um pouco para que ela encontrasse sua aptidão.

— Acho que você está certa, meu amor.

Ruwee ofereceu o braço e ela o tomou. Juntos, saíram para o pátio e se juntaram aos vizinhos no caminho para as urnas.

Sheev Palpatine leu o projeto de lei pela última vez. Oficialmente, era a primeira vez que o via, então tomou cuidado para parecer que lia o documento com muita atenção. A verdade era que estava preocupado com muitas outras coisas e apenas checava o texto para ter certeza de que nenhum detalhe que exigira havia ficado de fora.

Ele votaria contra, é claro. Aquela lei seria um desastre para Naboo e vários outros sistemas da Orla Média. E, ao menos dessa vez, o projeto de lei não passaria. Ele acrescentara assuntos substanciais o bastante para que a Federação de Comércio não pudesse aceitar e, assim, assegurar que seus aliados votassem contra. Mas isso seria mais um passo no caminho. E ele já havia escrito os três projetos de lei seguintes, só para garantir.

— Senador, está na hora — disse um de seus assessores.

Palpatine se deixou conduzir na direção da assembleia do Senado, acenando com a cabeça para todas as pessoas certas que cruzavam seu caminho nos corredores que levavam para suas plataformas. Seu rosto estava impávido, educadamente interessado naquilo que era dito ao seu redor. Não era uma expressão incomum nas galerias do Senado, mas Palpatine a aperfeiçoara havia muito tempo. Logo, ele estaria sob os holofotes e seus colegas veriam a expressão vazia desaparecer, mas isso também seria uma encenação. Ninguém nunca tinha visto seu rosto verdadeiro, a pura raiva que queimava dentro dele.

Mas talvez veriam, algum dia.

Padmé Naberrie havia feito a última coisa que podia. Ela votara em si mesma quando chegou a vez de as candidatas depositarem suas cédulas. Tinha certeza de que todas tinham feito o mesmo; mas, ao menos para ela, era o último passo para provar a si mesma que estava pronta. Ela confiava em si mesma o bastante para ser rainha. A arrogância disso — pensar que era tão melhor do que suas colegas — a incomodava um pouco, mas Naboo tinha uma garantia.

Ela não governaria como Padmé se vencesse. Ninguém nunca saberia quem Padmé era, se tudo corresse conforme o planejado. Ela usaria as vestimentas e carregaria as responsabilidades da coroa de Naboo — entregaria tudo de si, a ponto de abandonar seu próprio nome durante o reinado. Era tradição, mas era um conforto — uma lembrança de que o papel era maior do que sua pessoa, de que estaria agindo a serviço de algo, e não para seu próprio ganho.

Ela não tinha realmente entendido isso até aquela manhã, quando sua cédula-chip deslizou para dentro da urna. Pensava que o anonimato era para sua proteção, e de certa forma era mesmo, mas também era para proteger outra pessoa. E era hora. Era a hora *dela*.

Amidala.

CAPÍTULO 2

A Guarda Real recém-empossada se reuniu para ouvir o resultado da eleição em seu quartel. Eles vinham de todos os níveis e posições dentro das Forças de Segurança e tinham sido escolhidos para proteger a nova monarca, fosse ela quem fosse, pela lealdade e pela dedicação que demonstravam. A maioria já se conhecia, já que a força não era tão grande assim, mas essa era a primeira vez que todos estavam reunidos no mesmo lugar, e eram seus últimos momentos para relaxar antes do início da nova tarefa.

Panás não relaxou.

Do outro lado do corredor, as candidatas também esperavam o resultado. Elas estavam isoladas desde aquela manhã, cada uma recebendo uma sala própria onde podiam passar o dia refletindo, e logo Panás seria o incumbido de buscar a nova rainha. Ele sabia qual porta gostaria de abrir e se esforçava para fingir que ainda estava neutro, embora estivesse longe disso.

Finalmente, o noticiário trocou a mensagem pré-gravada que vinha exibindo na última hora e mostrou o governador Bibble. O homem de barba prateada estava vestido com sua cor púrpura de sempre, com uma túnica de mangas largas que seguia todas as suas gesticulações vigorosas. Um silêncio surgiu entre a guarda quando Bibble limpou a garganta e começou o pronunciamento.

— Cidadãos de Naboo — ele começou. Bibble sempre falava como se estivesse se apresentando para uma plateia, o que fazia sentido, já que era especialista em filosofia argumentativa, e ele geralmente estava mesmo diante de plateias, então não parecia tão pretensioso. — Tenho o prazer de informá-los de que, após uma corrida bem disputada por parte de todos, vocês elegeram a candidata Amidala como sua rainha.

Bibble continuou a falar enquanto imagens da candidata, agora rainha-eleita, apareciam na tela, lembrando a qualquer um que pudesse ter esquecido os objetivos da campanha de Amidala e a idade dela, mas os guardas já não estavam mais ouvindo. Cada rosto na sala se voltou para Panás, cujos punhos cerrados eram o único sinal de suas emoções.

— Preparem-se para a inspeção — ele disse, e então girou sobre os calcanhares para seguir pelo corredor, que levava para onde as candidatas esperavam.

Era tradição que a nova rainha fosse recebida por seu capitão da guarda, uma relíquia do passado de Naboo, quando as candidatas não podiam nem mesmo ficar hospedadas perto umas das outras ou confiar na legislatura. Esses dias já estavam distantes, é claro, mas Naboo encorajava a memória para que não se repetissem os erros do passado, e esse era um dos muitos passos tomados para lembrar o quanto haviam avançado — e o quanto ainda precisavam avançar. Ela se encontraria com Bibble como rainha assim que inspecionasse sua guarda pessoal.

Panás parou por um momento na frente da porta de Amidala, ciente de que tudo estava prestes a mudar. Ele já não era apenas capitão da guarda, assim como ela já não era mais uma candidata. Ele já havia gostado dela durante a campanha, mas agora seus nomes estariam ligados para sempre na história de Naboo. Valia a pena tomar um instante para refletir. Panás esperou mais alguns momentos, enquanto os inspetores da eleição se preparavam para falar com as candidatas derrotadas, e então abriu a porta.

— Vossa Alteza — disse, parado na porta. — A eleição acabou. O seu trabalho começa agora.

Do outro lado da sala, uma figura magra se levantou para recebê-lo. Ela usava um vestido branco que a fazia parecer ainda mais jovem do que era, mas ele não podia duvidar nem por um instante da convicção de sua postura. Durante a campanha, ela estivera sempre pesadamente maquiada, seu rosto pintado com cosméticos que lembravam às pessoas o peso das promessas dela. Agora seu rosto estava limpo, mas, com os cabelos soltos, ainda não podia vê-la bem.

— Obrigada, capitão. Estou pronta.

Ela não deixava nada transparecer, mas Panás imaginava que deveria estar ao menos um pouco nervosa. Ele olhou sobre o ombro e viu o último dos inspetores desaparecer no corredor.

— Se puder me acompanhar — ele disse, gesticulando para fora da sala. O droide saiu flutuando. — A equipe de segurança está pronta para sua inspeção. Uma formalidade, como sabe, mas isso é esperado antes de o governador Bibble chegar aqui para informá-la oficialmente.

— É claro, capitão — ela disse. Sua voz era leve e impessoal, mas ele não se ofendeu. Ela mal o conhecia.

— Mais tarde conversaremos sobre como personalizar a sua segurança — continuou Panás. — Já preparei algumas medidas, mas não quis me antecipar muito. Vamos precisar de alguns dias para nos acomodar, mas estou muito satisfeito com a equipe que foi reunida para Vossa Alteza.

Ela não respondeu, mas permitiu que ele a conduzisse pelo corredor até onde a guarda a esperava. Eles imediatamente se levantaram em duas linhas e se endireitaram assim que o capitão e a rainha entraram na sala. Aquela era a guarda pessoal da rainha, formada por dezesseis homens que a protegeriam em uma rotação de quatro pessoas. Os outros guardas do palácio podiam então se ocupar com operações e coordenar com a rainha conforme necessário. Panás desejava mais pessoal, mas tinha sido voto vencido.

A rainha olhou para o rosto de cada guarda enquanto eram apresentados a ela, gravando o nome de cada um na memória. Deveria ser difícil pensar nela como uma pessoa poderosa ali, cercada por pessoas tão maiores do que ela, mas Amidala poderia ter três metros de altura pela forma como se comportava. Assim que estivesse totalmente vestida com os trajes reais, ela seria excepcional.

Quando chegaram ao fim da fila, Panás dispensou todos os guardas, exceto os três que estavam na rotação junto com ele. O governador chegou pouco depois. As primeiras reuniões não aconteceram na sala do trono e Panás dividiu sua atenção entre observar a rainha e observar todos que a observavam. Bibble falou mais sobre procedimentos e regras, não de assuntos da política, então não foi uma conversa particularmente interessante, mas a rainha dedicou a ele atenção total.

— E isso é tudo que podemos cobrir hoje, creio eu — Bibble concluiu. Passaram-se várias horas, mas a rainha não mostrava nenhum sinal de exaustão ou tédio. — A menos que tenha alguma pergunta?

— Não, obrigada, governador Bibble — a rainha Amidala disse. Sua inflexão deixou claro que aquilo era uma dispensa, embora, tecnicamente, Bibble ainda fosse seu superior. Panás sorriu. — Mas eu agradeceria se você pudesse arranjar que alguém me envie quaisquer documentos políticos relevantes. Posso lê-los à noite e estar preparada para as reuniões de amanhã.

— É claro, Vossa Alteza — disse Bibble, levantando-se. Ele acenou para um assessor, que tomou nota. — Enviarei os arquivos assim que eu terminar o resto dos meus deveres de hoje. Está um dia agitado para todos nós.

A rainha assentiu graciosamente para ele, e o governador e seus assessores se retiraram. Amidala se levantou. Só agora, tendo apenas os guardas como companhia, sua postura mudou. Ela se espreguiçou e torceu o pescoço, sacudindo a cabeça como se tentasse acomodar toda a informação que havia recebido.

A transferência de poder ainda levaria mais alguns dias e suas primeiras aparições públicas seguiriam logo depois. Apesar da natureza formal do papel da rainha e a relativa rigidez dos protocolos que a cercavam, as eleições em Naboo não eram muito propagandeadas. Uma vez que as candidatas eram isoladas durante a votação, elas não falavam com o público até que sua persona real estivesse totalmente pronta.

— Capitão? — chamou ela, e o intervalo acabou.

— Sim, Vossa Alteza? — Ele se aproximou e ficou de pé na frente dela.

— Seria apropriado discutirmos a segurança durante o jantar?

— É preciso que quatro de nós estejam de prontidão, Vossa Alteza — respondeu Panás. — Isso significa que não podemos comer, mas eu ainda posso conversar com Vossa Alteza enquanto janta.

Ela suspirou, mas aceitou a restrição. Panás usou o comunicador para pedir à cozinha que enviasse um droide com jantar para uma pessoa. Eventualmente, quando se mudassem para as instalações no palácio, a rainha estaria cercada de pessoas, mas no momento era mais rápido e fácil usar droides.

— Não estou acostumada a comer sozinha — ela admitiu quando se sentou à mesa. — Meu pai sabia que éramos todos ocupados demais, mas ele gostava quando nos reuníamos durante as refeições.

Ela estava sendo vaga de propósito, Panás sabia, embora ele conhecesse sua identidade real. Ele achou isso um bom sinal. Alguns monarcas não levavam muito a sério o anonimato exigido por sua posição, e isso sempre causava dores de cabeça para seus guardas. Ele não havia participado da guarda pessoal da atual rainha, Sanandrassa, mas ouvira rumores suficientes para saber que seus guardas esperavam ansiosos pelo dia em que ela voltasse a ter apenas uma identidade. Sempre tinha sido uma dificuldade separar a rainha de sua persona privada. Panás tinha a impressão de que Amidala seria muito mais cuidadosa.

— Isso é uma das coisas que eu gostaria de conversar com Vossa Alteza — Panás disse. Se ele se sentia constrangido falando enquanto ela comia, não deixou transparecer.

— Oh? — indagou ela, cortando seu pão em pequenos pedaços.

— Uma rainha tradicionalmente tem ao menos uma dama de companhia, como sabe. Gostaria de saber se já pensou sobre quem será a sua.

— Minha irmã me informou que não deseja servir no meu governo — a rainha disse. — O que não me surpreende nem um pouco. Tenho algumas outras amigas a quem poderia pedir, acho, mas eu estava muito concentrada na eleição. Não me permiti imaginar os aspectos práticos que viriam depois.

— Há uma garota no Conservatório de Theed — disse Panás. — Ela tem a sua idade e é uma musicista decente. Também é muito inteligente e seus instrutores dizem que é muito equilibrada. Eu a entrevistei há algumas semanas, só por segurança, e ela me pareceu acessível.

A rainha ergueu uma sobrancelha, mas lhe fez a cortesia de não perguntar se ele também entrevistara damas de companhia para as outras candidatas.

— Mais importante — ele continuou —, ela tem uma notável semelhança com Vossa Alteza. Se for sua dama de companhia, e se ela estiver interessada, ela poderia treinar como uma guarda-costas que ficaria mais perto de Vossa Alteza do que qualquer outra pessoa.

A rainha mastigou enquanto pensava e depois tomou um gole de água.

— Existe mesmo a necessidade de tanta segurança? — ela perguntou.

A rainha Sanandrassa havia se concentrado tanto na política de Naboo que acabou ignorando o resto do setor, o que deixara os planetas desconfortáveis. Ter duas rainhas de um único mandato deixava *Panás* desconfortável. Também havia maiores implicações. Naboo vinha se dedicando à eleição pelo último mês, mas relatos sobre disputas de comércio na Orla Média haviam chegado ao noticiário.

— Eu acredito em estar preparado — disse Panás. — Em uma emergência, ela poderia até trocar de lugar com Vossa Alteza.

— Não quero colocar outra pessoa em perigo.

Antes que Panás pudesse dar a resposta óbvia, a expressão dela se transformou, e ele mudou de ideia. Era bom saber que ele já podia entendê-la tão bem.

— É inevitável — ela disse. — Isso é o que sou agora.

— Sim, Vossa Alteza. Nós chamamos isso de o fardo do comando, e é algo que ninguém gosta.

Ela fez outra pausa, ponderando o assunto enquanto ele observava. Panás a viu aceitar sua premissa, e então a expressão dela imediatamente escureceu outra vez quando encontrou outra falha.

— Qual é o benefício de ter uma dublê? — a rainha perguntou.

— Bom, as pessoas pensariam que ela é Vossa Alteza — Panás explicou. Ele achava que isso já estava subentendido.

— Mas, se existem apenas duas de nós, e nós trocamos de lugar, então todos saberão — a rainha argumentou. — E se a "rainha" de repente fica sozinha, as pessoas podem achar suspeito.

Aquilo pairou no ar entre eles por um momento. Panás era esperto o bastante para entender que aquele era seu primeiro teste. Ela lhe apontou um fato, e sua resposta influenciaria a maneira como interagiriam dali em diante. Ele engoliu seu orgulho.

— Esse é um ponto válido — disse. — Vossa Alteza tem alguma sugestão?

— Se tivermos mais do que duas de nós, será muito mais difícil de saber — ela respondeu. — Sem mencionar que isso lhe dará uma maneira de assegurar que eu terei mais do que quatro guardas de prontidão.

Ah, ela era boa.

— Vou ver o que posso fazer — disse Panás. — Pode demorar um pouco para encontrar as garotas adequadas.

— Obrigada, capitão. Eu gostaria de conhecer a garota que você já entrevistou assim que possível, se puder arranjar esse encontro.

O comunicador pessoal da rainha, que ela deixara sobre a mesa enquanto comia, emitiu um sinal.

— É o governador — ela disse, checando rapidamente. — Acho que isso é tudo por hoje, capitão.

— Vossa Alteza. Os guardas estarão posicionados na porta do seu quarto durante a noite.

A rainha entregou seu prato e talheres para o droide que havia trazido o jantar, depois se virou para ir até o quarto onde dormiria nas próximas noites. Panás direcionou os guardas para suas posições.

— Ah — exclamou ela. — Capitão, antes de eu começar minha leitura, existe alguma forma segura de contatar meus pais?

— O seu comunicador pessoal é completamente seguro, Vossa Alteza. Ele pode ser usado para contatar qualquer pessoa em Naboo sem deixar nenhum rastro.

— Boa noite, capitão — a rainha respondeu, e fechou a porta.

Panás percebeu que os guardas estavam ansiosos para conversar, mas isso teria de esperar até o turno acabar. Ele respeitava seus postos demais para permitir que conversassem pelos corredores. Os outros seguiram seu exemplo e permaneceram quietos. De qualquer maneira, faltava pouco para o novo turno começar.

Do outro lado da porta, Panás podia ouvir a rainha falando, provavelmente com seus pais. Sua voz estava baixa demais para ele entender qualquer palavra, mas podia ouvir o subir e descer do tom de voz. Era difícil decifrar sua postura. A maioria das garotas de catorze anos, mesmo as mais inteligentes, mostrava alguma emoção quando falava, mas a rainha dificilmente deixava algo assim escapar. Até mesmo sua resposta diante do resultado da eleição foi fria.

Os guardas substitutos chegaram na hora marcada e Panás se dirigiu para os aposentos que compartilhava com Mariek. Estava ansioso para contar as impressões que tivera da nova monarca e pedir a opinião de sua esposa depois que ela também a conhecesse. No meio do caminho, percebeu que, embora não tivesse ideia do que se passava na cabeça de Amidala, ele não esqueceu, nem por um instante durante toda a tarde, que ela era a rainha.

CAPÍTULO 3

PELA PRIMEIRA VEZ DESDE que o capitão Panás abrira a porta para lhe contar o resultado da eleição, Padmé se permitiu relaxar. Foi uma longa tarde — a primeira de muitas, ela sabia — e apesar de não estar exatamente cansada, estava farta de manter seu rosto tão impassível. Havia decidido ainda cedo na campanha que se apresentaria como a opção estoica e ponderada. Suas ações seriam suficientes para mostrar sua compaixão sem precisar escrevê-la em todo o seu rosto. Embora ficasse mais fácil a cada dia, um autocontrole assim não lhe vinha naturalmente e, às vezes, ela simplesmente queria *sorrir*.

Agora estava deitada na cama, com um largo sorriso de um canto a outro no rosto. Havia *conseguido*. Os meses de planejamento e preparação, de treino para deixar sua aparência sempre a mesma, de isolamento de sua família e amigos, deram resultado: ela agora era rainha de Naboo. Apanhou um travesseiro e o colocou sobre a boca, afogando a risada que brotou dela. Os guardas estavam, afinal de contas, do outro lado da porta, e Padmé ainda não havia decidido se Amidala era do tipo que dava risada, mesmo sozinha.

Ela se permitiu aproveitar a sensação por vários minutos antes de se sentar e voltou ao trabalho. Pelo visto, Bibble enviara todos os documentos que o governo planetário havia produzido nos últimos meses e, apesar de estar ciente da maioria das questões, aquele seria seu primeiro acesso aos detalhes. Mal podia esperar. Mas, primeiro, havia algo que precisava fazer.

Ela apanhou o comunicador e chamou seus pais. Temia tê-los deixado esperando demais. Eles sempre foram compreensivos com suas ambições, mesmo que seu pai não concordasse por completo, e ela esperava que eles entendessem a demora para ligar.

— Parabéns! — a voz de Jobal veio através da conexão com uma claridade cristalina quando entrou na área de projeção.

— Obrigada, mãe — Padmé disse. Ela se permitiu sorrir de novo. Sempre podia ser ela mesma com seus pais.

— Estamos muito orgulhosos de você — Ruwee acrescentou, aparecendo ao lado da esposa.

Vindo de seu pai, aquelas palavras significavam mais do que Padmé podia dizer. Ela sabia que ele entendia, e que o sorriso dela sempre seria suficiente para ele, sendo rainha ou não.

— Desculpe não poder ter ligado antes para eu mesma contar — Padmé disse. — Foi um dia muito agitado.

— Posso imaginar — comentou Ruwee, com uma risada. — Sio vive para esse tipo de coisa.

Ter um pai que era conhecido, ao menos por sua reputação, pelas mais importantes pessoas no planeta nunca realmente impactara a vida de Padmé. Ruwee tinha o dom de saber como se tornar amigo de pessoas poderosas sem tomar vantagem disso, e era algo que Padmé admirava em seu pai. Ele muito raramente deixava algo escapar, mas ela imaginava que o dia fora muito empolgante para ele também.

— Enfim — Ruwee continuou —, nós dois entendemos que o seu tempo será quase todo tomado. Sabíamos disso desde que entrou na campanha. A política muda todas as suas prioridades e nós confiamos bastante em você para tomar essas decisões.

— O que seu pai está tentando dizer — Jobal intercedeu — é que sabemos que você está ocupada e animada, e que vamos ouvir falar de você no noticiário, e a amamos de qualquer maneira.

— Isso não é nem de longe o que eu estava tentando dizer — objetou Ruwee.

Padmé riu. Foi uma risada baixinha, mas ela não ergueu a mão para abafar o som. Sua mãe sempre incentivava seus sonhos na mesma medida que seu pai avisava sobre os aspectos práticos. Eram duas abordagens diferentes para o mesmo destino e, como Padmé aprendera, duas maneiras diferentes de demonstrar amor.

— Vou me lembrar de quem sou, pai — Padmé disse. — Independentemente de com quem estiver falando ou de qual for minha aparência.

— Isso é tudo que eu queria ouvir — Ruwee disse.

— Eu queria ouvir sobre seus aposentos, mas acho que você ainda não os recebeu — Jobal disse. Os apartamentos privados no palácio de Theed eram muito raramente abertos ao público. Por segurança, e outras razões, pouco se sabia sobre sua aparência, mas havia rumores de que possuíam grandes obras de arte e Jobal tinha grande interesse nesse tipo de coisa.

— Ainda vai demorar alguns dias — Padmé disse. — Estou no palácio agora, mas ainda não na parte real. A rainha Sanandrassa provavelmente está arrumando suas coisas, mas a transferência oficial de poder só acontecerá no final da semana.

Com seus estudos da planta do palácio, Padmé tinha quase certeza de que seu quarto atual ficava alguns andares diretamente abaixo do apartamento real, mas imaginava que os andares acima fossem diferentes. No momento certo, seus guardas e equipe morariam onde ela estava agora.

Ela ouviu um sinal no comunicador e seus pais desviaram o olhar por um momento.

— Desculpe, seu pai está dando seu tradicional jantar pós-eleição — Jobal disse quando Ruwee desapareceu do holograma.

— Não tem problema — Padmé respondeu. — Ainda tenho muito a fazer.

Mãe e filha caíram em um confortável silêncio enquanto esperavam Ruwee voltar.

— Dê minhas lembranças para Sola — Padmé disse enquanto Ruwee voltava para a imagem.

Seus pais deram boa-noite e ela desligou o comunicador. Padmé pensou na casa deles naquela noite, cheia de amigos celebrando e analisando o que aconteceria em seguida. Por um momento, sentiu-se dolorosamente sozinha. E então lhe ocorreu: ela seria aquilo de que todos estavam falando. Sim, também havia novos representantes na legislatura para discutir, mas o foco da maioria das conversas naquela noite seria a nova rainha de Naboo, que era *ela*.

Era uma responsabilidade incrível. E Padmé estava tão, tão animada.

Coruscant, às vezes, era feita de luz. Brilhava como um farol — a casa do grande Senado da República, atraindo a atenção de sistemas de todos os cantos da galáxia. Como mynocks e engates de energia, todos os tipos de pessoas eram atraídos para o poder da cidade-planeta, e todos se banhavam sob seu brilho.

Mas Coruscant também era cheia de estruturas, cabos e detritos de séculos de habitação contínua, e, nas sombras dessas coisas, havia sempre muito espaço para a escuridão. Nos cantos decadentes da cidade baixa, a podridão da crueldade procurava espaços para crescer.

Darth Sidious raramente dava atenção aos níveis inferiores. Ele tinha meios para explorá-los, se quisesse algo, é claro, mas era muito mais seu estilo levar a escuridão para onde as pessoas pensavam que ela não as alcançaria. Ele encontrava os pontos fracos, as fissuras onde a luz escapava, e introduzia a escuridão. Jogava um jogo demorado, um jogo inteligente e, infelizmente, de tempos em tempos, isso significava lidar com pessoas que não entendiam o grande alcance de sua visão.

Apesar de seu desgosto pessoal, os níveis inferiores eram um bom lugar para ter uma conversa discreta. Sidious também raramente se dava ao trabalho de conversar pessoalmente, mas sabia que sua presença podia ser arrebatadora e não se importava em usar essa vantagem quando um de seus pretensos aliados começava a vacilar.

Já fazia vários minutos que Nute Gunray vinha reclamando do projeto de lei rejeitado. Sidious vinha mais ou menos ignorando-o por todo esse tempo. Não era importante. No final das contas, o próprio Gunray não era tão importante. Útil, sim, principalmente por causa de sua suscetibilidade e disposição de gastar grandes quantias em uma força militar descartável, mas não era importante.

— E então aquele senador de Naboo insistiu na emenda substitutiva, e isso nos custou toda a facção Delcontriana — Gunray concluiu. — Fizemos todo o possível, mas os votos estavam contra nós.

— Não importa — Sidious respondeu rispidamente. Ele aprendera muito com aquele projeto de lei fracassado. Até onde Malastare estava disposto a ir. O quanto os Tellonitas estavam dispostos a perder. Quem os Caladarianos estavam dispostos a sacrificar. — Você terá um novo projeto de lei nos próximos dias.

— Dodd não poderá apresentá-lo — Gunray retrucou. — Seria óbvio demais.

— É claro que seria — Sidious disse. Estava cercado de idiotas. — Alguém da facção Delcontriana vai apresentar.

— Mas acabamos de perdê-los! — Gunray protestou.

— Isso foi culpa de Naboo. Esse novo projeto vai ganhá-los de volta.

Gunray resmungou algo baixo demais para Sidious ouvir e imediatamente ficou com medo. Sob o capuz de sua túnica, Sidious sorriu. Precisavam muito dele para suas disputas mesquinhas e ficavam completamente aterrorizados com ele. Esse era um de seus maiores prazeres.

— Alguém entrará em contato com você — Sidious continuou, como se nada tivesse acontecido.

— Sim, milorde — Gunray disse. Ele se curvou servilmente e Sidious cortou a conexão antes que pudesse dizer mais alguma coisa.

Os Neimoidianos eram problemáticos. Era sempre um desafio encontrar alguém apenas incompetente o bastante e, embora Sidious gostasse da sensação de caça, às vezes era preciso mais de sua supervisão do que gostaria de dar. Precisava de agentes que pudessem atuar de modo independente, mas ainda não era a hora deles. Havia peças demais, muitos resultados, para deixar alguém que podia pensar por si próprio agindo sozinho.

Mesmo assim, não custava se preparar. Sidious trocou o canal do comunicador e contatou seu aprendiz.

Amidala vencera. Tsabin assistiu ao anúncio, junto com todo o resto do planeta, e sentiu algo desabrochar em seu peito, algo que nunca havia sentido antes. Era assim que o sucesso parecia, mesmo se não fosse precisamente o seu sucesso. Ela saiu da sala onde os outros estudantes assistiam aos resultados e voltou para seus pequenos aposentos.

Rainha Amidala. Soava suntuoso. Perfeito. Lindo. E, para todas as aparências, a própria rainha era tudo isso. E ela devia ser brilhante também, mas Tsabin sabia que a inteligência sozinha não era suficiente para governar um planeta. Charme, aquela qualidade indefinível que Tsabin nunca possuíra, também fazia parte disso.

Tirou a mala de baixo da cama e a abriu. A mala estava um pouco empoeirada; mas, fora isso, estava vazia e pronta para ser usada. Ela se voltou para sua mesa, onde três cartas de admissão estavam empilhadas. Pretensiosamente escritas em arbovellum — papel de verdade —, eram ofertas para sentar-se na fileira de trás de três orquestras diferentes. Ela não passou das primeiras linhas de nenhuma delas quando começou a ler. Agora, jogou-as na lata de lixo e juntou as coisas que havia acumulado sobre a mesa. Essas foram para dentro da mala, junto com suas roupas e outros pertences que havia trazido para o conservatório.

Por último, apanhou o estojo de seu hallikset. Ela o abriu e olhou para o instrumento que era a causa tanto de seu estresse quanto de sua alegria. Seus dedos tocaram as cordas silenciosas. Mas sua decisão já estava tomada.

Tsabin fechou o estojo e o colocou sobre a mala. Então, sentou-se na cama para esperar, lendo sobre o resultado da eleição em sua tela pessoal. Não havia grandes surpresas naquele ano. Apenas uma estranha sensação em seu peito de que algo finalmente daria certo para *ela*.

E, quando o capitão Panás voltasse, Tsabin estaria absolutamente pronta para ir.

CAPÍTULO 4

PENSANDO AGORA, TALVEZ ELA não devesse ter se encontrado com Tsabin pela primeira vez como rainha. Na hora, pareceu fazer todo o sentido. Padmé tinha várias reuniões pela manhã, com muitos oficiais e funcionários do palácio, e, quando Panás anunciou que era hora da reunião final daquela tarde, Padmé não se despiu de seu papel. Então Tsabin a conheceu como uma monarca fria e distante, e não como alguém que a conheceria tão profundamente quanto uma segunda pele.

Para seu crédito, Padmé percebeu o erro assim que Panás terminou de apresentá-las uma à outra.

— Obrigada, capitão — disse Amidala. — Isso é tudo.

Panás ficou surpreso por ter sido dispensado; ele não estaria de prontidão até o dia seguinte, mas engoliu qualquer protesto que pudesse fazer e deixou as duas sozinhas. E então as garotas ficaram frente a frente em um silêncio constrangedor. Os olhos de Padmé se voltaram rapidamente para os guardas, que fingiam não estar ali. Ela ainda não os conhecia por completo, então não tinha certeza do quanto eram discretos. Mas eles nunca a acompanhavam para dentro do quarto onde dormia. E havia duas poltronas lá, ela pensou.

— Você me acompanha? — disse, levantando-se e estendendo o braço.

Tsabin assentiu e começou a andar ao seu lado. Padmé a conduziu até o quarto e fechou a porta atrás delas.

— Isso é mais complicado do que eu imaginava — ela disse. — Por favor, sente-se.

Tsabin obedeceu. De fato, até aquele momento ela vinha se comportando com total reverência e seu rosto não mostrara qualquer emoção. Padmé entendia aquilo.

— Damas de companhia reais são tradicionalmente destacadas para uma rainha para servi-la em suas tarefas domésticas — comentou Padmé, para iniciar a conversa. — Não sei se o capitão Panás lhe disse as mesmas coisas que disse para mim, mas isso não é exatamente o que estou procurando.

— O capitão disse que Vossa Alteza está buscando uma guarda-costas, mas não do tipo comum — respondeu Tsabin. — Eu não a defenderia com um blaster. Eu a defenderia com minha identidade.

— Nenhum monarca teve um guarda-costas desse tipo desde a última disputa com os Gungans, e isso foi há muitas gerações — Padmé disse. — E eu ainda não tenho certeza de que existe razão para voltarmos com essa prática.

— Minha impressão do capitão Panás é de que ele é mais do tipo "não há razão para *não* termos uma" — comentou Tsabin.

Ela ainda estava sentada rigidamente na poltrona. Padmé relaxou em seu próprio assento e observou com alguma satisfação quando os ombros de Tsabin também relaxaram.

— Concordo — disse Padmé. — Não vejo problema algum em seguir o conselho dele.

— Ou — Tsabin sugeriu, com um toque de malandragem em sua voz pela primeira vez —, em deixar que ele pense que a maioria dos conselhos dele estão sendo seguidos.

Padmé não tentou impedir o sorriso que se abriu em seu rosto. Não era uma pessoa dissimulada por natureza, mas entendia o valor de manter suas intenções ocultas.

— Meu nome é Padmé — ela disse. Era a maior prova de confiança em que podia pensar. E era suficiente.

— É um prazer conhecê-la — Tsabin respondeu, finalmente olhando para ela com uma expressão natural.

Padmé se recostou ainda mais na poltrona. Chutou suas sandálias e cruzou as pernas, com os joelhos encostando nos braços da poltrona.

— Já mudei um pouco os planos do capitão — ela disse. — Ele pensou que uma guarda-costas seria suficiente, mas o convenci de que um grupo seria uma ideia melhor.

— Porque seria mais fácil de esconder — Tsabin comentou. — Já sabe quem?

— Ainda não. Apenas conversamos sobre isso ontem. Mas ele encontrou você, e imagino que tinha outras pessoas em mente quando decidiu que você seria a escolhida.

— Nós deveríamos ser leais a Vossa Alteza, e não a ele — Tsabin disse rapidamente. — Eles me instalaram no quartel junto com os outros guardas, e eu não acho isso uma boa ideia.

Padmé não havia considerado aquilo.

— Ele me recrutou porque sou boa em dar suporte. É o que sempre fiz por todos os grupos de que participei. Mas não acho que isso seja tudo que tenho a oferecer. — Como Padmé não respondeu, ela continuou. — Quem toca hallikset passa anos aprendendo a controlar a respiração, embora seja um instrumento de cordas. Faz parte da disciplina, mas também mantém a pureza do som. Posso respirar sem ninguém notar, e isso significa que posso controlar meu rosto e minhas reações.

— Eu me perguntei mesmo como você fazia isso — Padmé disse. — Você é muito boa.

— Posso ensiná-la — Tsabin sugeriu imediatamente. Isso seria mais divertido do que Padmé pensara. — É possível que nossas reações instintivas a certas coisas sejam diferentes, mas, se aprendermos a mesma técnica para esconder essas reações, ninguém poderá saber.

Elas conversaram mais um pouco sobre si mesmas para se conhecerem. Um droide trouxe o jantar, e o sol se pôs, e nenhuma das duas se importou. Tsabin entendia rapidamente as ideias de Padmé, e era ainda mais rápida em sugerir meios para melhorá-las. O plano não era nem de longe perfeito, mas era um bom começo.

— Acho que é só isso que podemos fazer antes de as outras chegarem — Padmé disse. — Não faria sentido montar todo o palco antes de termos todos os músicos para tocar.

— Posso ao menos ensinar os exercícios de respiração — sugeriu Tsabin.

— Deixe-me chamar um droide antes — afirmou Padmé, tomando a decisão pelas duas. — Você não vai ficar no quartel.

O quarto onde Tsabin ficava no conservatório era pequeno, mas era todo seu. Ela nunca compartilhara um quarto com outra pessoa antes, e Padmé nem perguntou. Tsabin rapidamente enterrou seu ressentimento. Não queria ficar no quartel de qualquer maneira e teria de se acostumar a seguir as ordens de Padmé. Ou melhor, as ordens de Amidala. Vinha sendo um desafio separar as duas, mas isso era parte do trabalho.

As coisas de Tsabin chegaram quando elas terminaram o segundo conjunto de exercícios. O guarda que bateu na porta manteve seu rosto cuidadosamente neutro e Tsabin podia imaginar o relatório que seria submetido ao final de seu turno. Ela decidiu que não se importava.

Logo elas se mudariam para os aposentos reais, de qualquer forma, então Tsabin não se deu ao trabalho de desfazer a mala toda. Pegou o pijama e seguiu as direções de Padmé até o banheiro. Era muito melhor que o do conservatório.

— Ainda estou tentando entender como tudo funciona — Padmé disse, depois de se deitarem. — Quer dizer, as diferenças entre Padmé e Amidala. Acho que, com você, vou precisar ser as duas.

Não foi exatamente um pedido de desculpas, mas Tsabin entendeu.

— Prometo esperar até o fim do seu reinado antes de escrever um livro contando todas as coisas que você errou nos primeiros dias — ela disse.

Padmé riu.

— Acho que a rainha e sua nova dama de companhia estão tramando algo — disse Panás.

Ele tocou com o garfo seu jantar, ou seja lá qual fosse o nome da comida que você leva para sua esposa no meio da noite, quando ela está no intervalo do trabalho e vocês não se viam fazia alguns dias. O palácio estava silencioso à noite, mas Mariek levava seus deveres a sério e não queria ficar muito longe da ala diplomática, embora no momento estivesse desocupada.

— Elas são duas adolescentes — Mariek disse. — Estão sempre tramando algo.

— Como posso protegê-la, se eu não souber o que ela está fazendo? — ele perguntou.

— Protegê-la do quê, exatamente? — questionou Mariek. — Sei que você gosta de estar preparado para tudo, mas isso parece excessivo, até mesmo para você.

Panás baixou o garfo.

— Se houver problemas com o comércio na Orla Média, Naboo será arrastada junto — ele disse.

— É para isso que temos um senador — Mariek disse a ele. — E lembre-se de que é um senador de quem você gosta e que, sabe-se lá por quê, é seu amigo.

Mariek e Palpatine educadamente se toleravam, mas nenhum deles conseguia enxergar o que Panás via no outro.

— Sou uma pessoa muito agradável — falou Panás. — Pode perguntar para qualquer um.

— Realmente, você me trouxe o jantar — Mariek admitiu. — Duas vezes, já que aparentemente não vai comer o seu.

Ele passou seu prato para que ela pudesse continuar roubando coisas dele sem precisar esticar o braço sobre a mesinha da sala de descanso.

Obi-Wan Kenobi não gostava de políticos. Não era nada pessoal. Para ser honesto, ele não *conhecia* muitos políticos e aqueles que conhecia eram geralmente decentes com ele, embora fosse apenas um padawan. O problema era que políticos escreviam tantas coisas, e Obi-Wan precisava ler tudo aquilo, porque seu mestre tinha uma *sensação* de que algo estava para acontecer. Qui-Gon tinha o hábito profundamente irritante de estar certo sobre esse tipo de coisa, o que era uma das razões pelas quais Obi-Wan ainda não havia se rebelado. Bom, isso e porque ele já tentara algo assim antes e não tinha dado muito certo.

Ele era um aprendiz de Jedi. Deveria estar meditando sobre as posturas com sabre de luz. Ou ajudando seus colegas a contemplar os sentimentos deles. Ou rearranjando pedras no jardim de rochas. Ou fazendo *literalmente qualquer outra* coisa, mas não: estava lendo projetos de lei do Senado sobre reformas tributárias para vias espaciais que serviam a planetas dos quais ele nunca ouvira falar. Ao menos ele sempre gostara da biblioteca do Templo Jedi. Jocasta era amiga de Qui-Gon e parecia não se importar com seus pedidos estranhos, embora ela se irritasse quando era qualquer outra pessoa pedindo ajuda. E era silencioso. Às vezes, Obi-Wan era muito, muito grato pelo silêncio.

— O que você acha, Obi-Wan? — Qui-Gon perguntou. Ele não tirou os olhos do arquivo que lia. Obi-Wan resistiu ao impulso de se contorcer.

Ter um mestre que podia sentir seu descontentamento era realmente difícil às vezes. Isso já havia impedido desastres no passado, mas ainda assim era embaraçoso. Obi-Wan tivera esperança de deixar isso para trás em sua infância, mas acabou se contentando em cortar de vez, junto com sua trança, quando chegasse a hora.

— Acho que existem muitas pessoas com tempo demais nas mãos — Obi-Wan disse. Ele se recostou na cadeira e esfregou o rosto. — E acho que não entendo por que é tão importante que eles passem tanto tempo falando sobre isso.

— É uma questão de perspectiva, meu jovem aprendiz — Qui-Gon o repreendeu. Ele ergueu os olhos do arquivo e deu sua atenção total para Obi-Wan. — A coisa mais importante para as pessoas que fazem isso é controle.

— Os Jedi também pensam que controle é importante. — Obi-Wan entrou no debate com a facilidade que a longa prática lhe proporcionara. Às vezes ele e seu mestre debatiam quando nem mesmo discordavam.

— Um Jedi sabe se controlar — Qui-Gon disse, o que foi mais ou menos o que Obi-Wan esperava. O familiar bate e volta era um ritmo conquistado com muito esforço e, apesar de todo lado ruim, Obi-Wan não trocaria aquilo por nada.

— Os políticos buscam controlar os outros — Obi-Wan disse.

— Não apenas os políticos, mas sim. Essas tarifas criariam uma ruptura entre os planetas e as corporações que negociam com eles. Isso é muito controle para se perder.

— E o que *nós* estamos fazendo, mestre? — Obi-Wan perguntou. Ele estava acostumado com Qui-Gon se envolvendo em coisas que o Conselho não aprovava inteiramente, mas gostaria de ter algum aviso sobre quando aconteceria, ao menos para poder fazer as malas.

— Estamos ouvindo, Obi-Wan — Qui-Gon disse. — Para que, quando a hora chegar, saibamos agir.

— Com ou sem ordens? — Obi-Wan perguntou.

Qui-Gon sorriu com indulgência. Em outra época, isso teria incomodado Obi-Wan. Quando era garoto, ele tinha o Conselho na mais alta estima, a palavra final sobre todas as ambições dos Jedi. Ele ainda não concordava inteiramente com a abordagem de Qui-Gon sobre as coisas, mas há muito tempo aceitara ser uma alternativa viável. E, afinal de contas, realmente era importante evitar os absolutos.

— Acho que estaremos mais ou menos alinhados com o Conselho desta vez, meu jovem padawan. Você não precisa começar a se preocupar.

— Ao menos isso significa que é improvável que sejamos envolvidos nas disputas locais.

— Ou em romances com a nobreza local. — A reprimenda no tom de voz de Qui-Gon era inequívoca: certas coisas eram sérias demais para minimizar.

Obi-Wan tossiu e mudou de assunto.

Em uma fábrica de Geonosis, um pedido enorme foi registrado no computador central. As fornalhas arderam sob o sol do deserto e um rio de metal derretido começou sua jornada. A linha de produção ganhou vida.

CAPÍTULO 5

AO FINAL DA SEMANA, a rainha Amidala apareceu nos degraus do palácio de Theed. Pela primeira vez, ela estava vestida a caráter. Seu vestido era vermelho, com uma ampla saia de pregas. O corpete tinha costuras douradas e as largas mangas eram forradas com tecido dourado, viradas do avesso nos cotovelos para que a cor brilhasse ao sol. Na cabeça, ela usava o mesmo ornamento que usara durante a campanha. Era menos dramático do que aquele que a quase ex-rainha Sanandrassa vestia, mas também era marcado com elaboradas tranças e cachos. Tsabin ajudara a prendê-lo naquela manhã e Padmé comentara que era muito mais fácil para Tsabin alcançar a parte de trás de sua cabeça. Tsabin também tinha feito a maquiagem de Padmé, pintando os símbolos reais pela primeira vez.

Era muita pompa, mas era necessário. Um convite para todo o planeta fora expedido para a coroação, e todas as escolas e academias haviam declarado feriado. Fazia muito tempo que não era eleita uma rainha tão jovem quanto Amidala, e sua Ascendência seria um espetáculo, mesmo para os padrões de Naboo. As garotas não deixaram nada ao acaso. Até as túnicas de Tsabin, tingidas com a mesma cor do vestido de Padmé, foram selecionadas para deixá-la o mais discreta possível. Ela viera logo atrás na procissão e era inteiramente possível que ninguém a tivesse notado, mesmo estando ao lado de

Amidala nos degraus. Panás liderou um contingente de guardas em seguida, mas hoje eram apenas cerimoniais e estavam posicionados em uma formação solta.

Sanandrassa estava de pé ao lado de Padmé, no topo da escadaria do palácio, carregando os símbolos da monarquia de Naboo. O governador Bibble se posicionou no meio delas e recebeu o cetro em suas mãos. Por um breve momento, Naboo não tinha rainha. Então Bibble se virou para Amidala e ofereceu o cetro. Ela o apanhou com as duas mãos e o ergueu para o alto, para que a multidão pudesse ver. Bibble abriu um largo sorriso quando a praça se encheu de aplausos e pétalas de flores, enquanto as duas rainhas observavam o povo com expressões solenes.

Sanandrassa conduziu o caminho através das portas do palácio quando a cerimônia terminou. Padmé andou ao lado dela. Já estivera no palácio durante visitas escolares, mas nunca em um dia tão importante, e aquela era a primeira vez que encontrava a rainha como sua semelhante, não como uma candidata. Sanandrassa apontou várias obras de arte enquanto andavam para que Padmé pudesse observar com educada admiração.

— Você pode selecionar suas próprias obras, é claro — Sanandrassa disse. — Principalmente se tiver seus artistas preferidos.

— Tudo parece magnífico — elogiou Amidala. — Mudar qualquer obra arruinaria o efeito.

— Talvez. Mas não se esqueça dessa ideia. Às vezes, o controle de seu ambiente é tudo que você tem.

Padmé nunca, de maneira alguma, pretendera ser manipulada desse jeito. Mas um pouco mais de azul não faria mal. E havia uma garota na província sul que estava fazendo um trabalho incrível com esculturas de água.

Elas finalmente alcançaram a sala do trono e Sanandrassa parou na entrada para deixar Padmé aproveitar o momento. A sala era grande e redonda, com cadeiras posicionadas em um círculo sob o grande domo do telhado. Era uma sala arranjada para conversas, não para audiências, ao estilo de governo preferido de Naboo. Mas não havia dúvida alguma sobre qual era o assento de Amidala.

Padmé endireitou as costas e atravessou a sala até o trono. O trono em si era estranhamente estreito e inclinado para a frente, de modo que ela sempre parecesse mais alta do que era. Tomando cuidado com a saia, subiu na plataforma em frente ao trono, virou-se com a maior graciosidade que podia e sentou-se. A saia se ajeitou debaixo dela, o tecido dobrando sobre si mesmo para que não atrapalhasse sua postura. Ela pousou as mãos sobre os braços do trono e olhou para o rosto de Sanandrassa.

— Vossa Alteza — disse a agora ex-rainha.

Então ela se sentou em uma das cadeiras. Os oficiais do governo sentaram-se depois que Amidala estava acomodada, e os guardas — incluindo Tsabin — desapareceram em meio à decoração das paredes.

— Obrigada — agradeceu Amidala. — Esperamos exercer este papel tão bem quanto você.

O governador tomou conta da conversa naquele ponto e Padmé deixou que ele falasse. Não havia trabalho de verdade para ser feito naquele dia por qualquer outro membro do governo, exceto ele. Padmé observou os outros oficiais, memorizando os nomes e rostos ao mesmo tempo que aprendia o tipo de expressão que eles faziam quando reagiam ao que era dito. Nenhum deles tinha nem uma fração do controle que Tsabin estava ensinando a ela, mas membros da legislatura agiam sob seus próprios nomes e suas reputações, então não era realmente necessário.

Um assessor se aproximou de Panás e sussurrou no ouvido dele.

— Vossa Alteza — chamou Panás, interrompendo a descrição de Sanandrassa da escola de tecelagem que ela planejava fundar.

— Perdão, mas estamos recebendo uma transmissão do senador Palpatine.

— É claro, capitão — falou Amidala, e Panás ativou os holoemissores no meio da sala do trono.

Palpatine vestia sua tradicional túnica de mangas largas, embora Panás tivesse quase certeza de que era o meio da noite em Coruscant.

— Rainha Amidala — Palpatine disse, curvando-se ligeiramente. — Permita-me oferecer minhas congratulações. Não vou me demorar, mas gostaria de lhe dar minhas saudações pessoalmente.

— Senador Palpatine — cumprimentou Amidala, assentindo. Ela permaneceu tão neutra e formal quanto possível. — Estamos ansiosas para trabalhar com você em nome de Naboo e seu povo.

— Assim como eu — emendou Palpatine. Ele se virou para Sanandrassa. — Milady, foi um prazer.

— Obrigada, senador — Sanandrassa disse. Era impossível saber o que eles realmente pensavam um do outro.

O senador terminou sua despedida e desapareceu.

— Nas raras ocasiões em que precisar lidar com assuntos de fora do planeta, o senador será seu melhor recurso — aconselhou Sanandrassa. — Ele é muito ocupado, é claro, mas sempre tem tempo para prestar atenção a seu planeta natal.

Padmé assentiu educadamente. Tinha suas próprias opiniões sobre como Sanandrassa lidara com questões de fora do planeta, mas aquele dificilmente era o momento para tocar no assunto.

— De qualquer maneira, Vossa Alteza — Sanandrassa continuou —, meus pertences foram retirados do apartamento real hoje de manhã e estou pronta para partir conforme desejar.

— Obrigada pela recepção de hoje — Padmé respondeu.

Ela desejou que houvesse algumas palavras de praxe para dizer, alguma maneira final para terminar a conversa sem dispensar Sanandrassa de forma direta. Felizmente, o governador intercedeu com suas próprias despedidas e se ofereceu para acompanhar a ex-monarca quando ela quisesse, e isso resolveu dois problemas de uma vez.

Enfim sobraram apenas Padmé, Tsabin e os guardas na sala do trono. Padmé aproveitou a relativa privacidade e se permitiu mais um momento para saborear a vitória. Sutilmente, é claro. Ela observou toda a beleza da sala, as cadeiras de madeira esculpida e o delicado mármore. Essas coisas não eram o aspecto mais importante de seu novo trabalho, mas Padmé tinha Naboo até a ponta dos dedos: ela sabia como apreciar boa arte, e a sala do trono era repleta dela.

— Capitão Panás — ela disse, retomando seu controle emocional —, poderia nos acompanhar até o apartamento real?

Panás tinha toda a intenção de conduzir sua própria inspeção da suíte e Padmé lhe deu espaço para isso enquanto ela e Tsabin tiravam das malas seus poucos pertences pessoais no quarto maior. A suíte consistia em uma sala de vestir, uma sala de estar, uma pequena sala de reuniões e três quartos de dormir, um dos quais era obviamente feito para a rainha. Também havia um extenso sistema de guarda-roupa anexado à sala de vestir, mas ainda estava sendo preenchido e não estava pronto para inspeção.

— Acho que vamos precisar mover alguns móveis na sala de estar — Panás relatou quando terminou. — Não temos um bom lugar para os guardas ficarem de prontidão.

— Não preciso dos meus guardas no quarto comigo o tempo todo, capitão — Padmé disse. — É para isso que você queria Tsabin aqui.

O rosto de Panás escureceu sob seu quepe enquanto ele se esforçava para não mostrar sua desaprovação.

— Vossa Alteza, a ideia não é que Tsabin seja sua única guarda aqui — ele disse. — Podemos cortar os turnos para dois guardas na sala e os outros dois no corredor, mas...

— Não, capitão. — Era a primeira vez que Amidala realmente fazia sua vontade prevalecer, e todos notaram. Ela estava esplêndida naquele vestido, como um cometa dourado e vermelho que seguiria exatamente para onde quisesse. De maneira sutil, Panás se pôs na defensiva. — Estamos no quinto andar. As únicas outras pessoas que moram nesta seção do palácio são os guardas que você selecionou pessoalmente. Qualquer nave se aproximando do terraço seria avistada muito antes de chegar. Eu agradeço sua dedicação, mas não vou precisar de nenhum de seus guardas em meus aposentos.

Foi o momento em que todos perceberam até onde a rainha poderia ser pressionada, e isso ocorreu na presença de várias testemunhas.

Por um momento, Tsabin achou que haveria uma discussão. Não parecia que Panás ia recuar e ela sabia que de jeito nenhum Padmé o faria.

— Que seja, Vossa Alteza. — Panás parecia ter engolido uma fruta azeda. — Tsabin, amanhã começamos seu treinamento de combate.

— Você treinará a nós duas — Padmé disse com firmeza. — As outras também, quando chegarem.

— É claro, Vossa Alteza. — Panás não esperou pela dispensa. Ele se virou nos calcanhares e conduziu os guardas para fora do quarto.

Por alguns momentos depois de a porta se fechar, as garotas ficaram em silêncio.

— Você realmente já confia tanto em mim? — Tsabin perguntou. As mangas de sua túnica escondiam os dedos dela, que se apertavam. Era a única parte de seu corpo que ela não controlava, pois geralmente precisava mover os dedos quando estava se apresentando, de qualquer maneira.

— Não — Padmé disse. Ela tirou o ornamento da cabeça. Alguns alfinetes caíram em sua saia e ela os empurrou para o chão para que pudesse apanhá-los. — Mas eventualmente vou confiar, então podemos estabelecer alguns limites no começo.

Elas seguiram para a sala de vestir e Tsabin ajudou Padmé a pôr um conjunto de túnicas que combinava com as que ela própria usava. Padmé desfez as tranças em seu cabelo, que ficavam debaixo do ornamento, e lavou o rosto. Tsabin abriu a porta do guarda-roupa e mexeu nos controles por um momento até descobrir como enviar o vestido para seu lugar específico.

— Por que você não gosta de Sanandrassa? — Tsabin perguntou quando elas voltaram para a sala de estar, reclinando-se e pousando os pés sobre um dos banquinhos que Panás queria remover.

— Ficou tão óbvio assim? — Ela pareceu mais preocupada com aquilo do que com qualquer outra coisa até então, mas Tsabin sabia que era apenas porque a rainha havia baixado a guarda por um instante quando estavam sozinhas.

— Provavelmente não — Tsabin respondeu. Ela entrelaçou os dedos sobre o colo igual Padmé fazia. Não era apenas o treinamento de combate que elas compartilhariam. — Eu aprendo suas deixas enquanto você aprende a escondê-las, é só isso.

— Não é que eu não goste dela como pessoa — Padmé disse, depois de pensar um pouco. — Mas não gostei de como ela falava sobre os outros planetas em nosso setor durante seu reinado. Nós compartilhamos um senador, mas ela falava como se Naboo fosse o único planeta que existia. Eu prefiro entrar em contato e fazer aliados. As tradições de Naboo são importantes, mas não são a única coisa que importa na galáxia.

— Você não mencionou isso em sua campanha.

— Não — Padmé admitiu. — Mas está em minha lista.

— Imagino que sua lista vai fazer o capitão Panás tremer na base — sugeriu Tsabin.

— Provavelmente — disse Padmé. — Vamos dizer a ele com jeitinho.

— Está na hora de nosso exercício de respiração, Vossa Alteza — Tsabin disse e elas voltaram ao trabalho.

Presenciar Padmé relaxando sem realmente relaxar era um pouco inquietante, mas Tsabin sabia que a maioria das pessoas apenas enxergaria a calma praticada no rosto da rainha. Padmé precisava se esforçar muito para não mostrar a compaixão em seus olhos, então Tsabin já havia modificado o treinamento para focar em parecer educadamente interessada, não plácida. Era difícil para Tsabin, porque ela se esforçara muito no treinamento para desaparecer por completo, e agora seu papel pedia as duas coisas dela. Para ser perfeitamente honesta, ela não se divertia assim em anos e havia muito tempo não se sentia tão útil.

Após respirar fundo mais algumas vezes, Padmé dominou o rosto que Amidala usaria em público. Tsabin piscou duas vezes, flexionou os dedos dentro das mangas da túnica e a imitou perfeitamente.

Seus sorrisos orgulhosos foram idênticos.

ASTÚCIA

— *VOCÊ SABIA QUE, oficialmente, não existem prisões em Naboo? — começou Panás, sem nenhuma cerimônia.*

A garota do outro lado da mesa revirou os olhos.

— Mas só porque enviamos todo mundo para a lua — ela respondeu. Ela falou com o tom cuidadoso de alguém que controlava o próprio sotaque.

— Exatamente — disse Panás. — Só para que fique bem claro sobre o que estamos falando.

Ela revirou os olhos de novo, só que com um pouco menos de confiança dessa vez.

Panás havia encontrado Rabene Tonsort em uma lista de alunos que abandonaram uma das escolas de maior prestígio de Naboo. Ela era, de acordo com os registros, brilhante em vários tipos de mídia, desde a música, passando pela atuação e até as artes plásticas. Seus professores elogiavam sua criatividade e capacidade de adaptação. Seus colegas de classe — tinha poucos amigos — gostavam de trabalhar com ela, já que parecia sempre entregar resultados. Os administradores da escola a mandaram embora quando descobriram que ela vinha coordenando um grupo de falsificadores no porão da escola. Vários outros estudantes eram suspeitos, mas a única prova concreta encontrada colocava toda a culpa em Rabene.

— Vejo que você é uma golpista muito competente — Panás continuou. — Ou devo dizer uma golpista-mirim?

As crianças de Naboo tendiam a ser prodígios. Fazia sentido que algumas delas seguissem por direções estranhas.

— Era um projeto da escola — Rabene protestou, seu sotaque escapando em meio à sua resposta emocional. — A tarefa era pesquisar uma era artística de nossa escolha. Está no programa das aulas.

— Você não podia vender o resultado — disse Panás. — E certamente não podia dizer aos compradores estrangeiros que as obras eram peças originais.

Rabene não disse nada.

— O que não entendo — Panás continuou — é que você claramente podia fazer o que quisesse. Uma artista com a sua versatilidade aparece apenas uma vez a cada geração, se tiver sorte. Você tinha Naboo inteira nas mãos, mas escolheu isso.

Não havia perigo real de Rabene ser enviada para a lua, mas Panás não diria isso a ela. A escola, que não queria admitir que havia abrigado uma criminosa, simplesmente a forçara a abandonar o curso. Ela nem chegou a ser expulsa.

— Por que não seguir uma carreira legítima como atriz? — Panás perguntou. Naboo sempre passava por modas, igual a todos os lugares, e o teatro era atualmente a moda mais popular.

— Não gosto de atuar em papéis escritos por outras pessoas — respondeu Rabene. Poderia até ser verdade, então Panás decidiu seguir nessa linha.

— E se fosse o papel mais importante da sua vida?

Ele tentou dizer isso o mais casualmente possível, deixando o máximo para a imaginação. Ela se inclinou para a frente no mesmo instante.

— Eu não *serei uma informante — ela retrucou.*

Panás riu. Uma risada real. Isso não era nem de longe o que ele pretendia e, por alguma razão, achou divertida essa completa rejeição por parte dela. Tarde demais, ele percebeu que provavelmente estava revelando mais do que pretendia, mas, para ser honesto, fazia tanto tempo que não ria daquele jeito que ele quase não se importou.

— Não estou pedindo a você que seja uma informante. Na verdade, não tem nada a ver com suas indiscrições do passado. Acontece que você tem alguns talentos que me interessam e não tem nenhuma outra oferta no momento.

— Estou ouvindo — ela disse.

Panás havia feito todas as suas seleções cuidadosamente. Uma garota fora eliminada porque não tinha a coordenação necessária para disparar um blaster. Várias outras já eram conhecidas demais na comunidade artística de Naboo para desaparecerem sem serem notadas. Rabene ainda tinha alguns pontos a aprimorar, mas era perfeita, no geral, e Panás não se importava em ter uma carta na manga contra ela em caso de alguma emergência.

— É um trabalho como segurança — continuou Panás. — Você ficaria encarregada de proteger uma pessoa, e essa proteção se estenderia a realizar tarefas domésticas.

Aquilo foi adequadamente vago.

— Como lavar roupa e limpar a casa? — Rabene perguntou.

— Se a ocasião pedir. — Panás não tinha ideia do que Amidala faria com suas damas de companhia, embora duvidasse que as tarefas fossem mundanas.

— Mas seria com alguém muito importante — Rabene comentou consigo mesma. — Tão importante que não pode nem me dizer quem é.

— Não até eu ter alguma indicação da sua confiabilidade e comprometimento — ele admitiu.

— Por favor, capitão — Rabene disse. — Você é um oficial da Segurança Real. Não existem muitas pessoas que se encaixam nisso.

Panás se perguntou quantas vezes mais ele seria superado pela esperteza de uma adolescente dali para a frente.

— Certo — ele disse. — Você já tem uma ideia da importância da proposta. Já entendeu a responsabilidade. Quero que aceite porque é boa em algo que ela não é.

— Enganar as pessoas — Rabene disse.

— Exatamente — Panás respondeu. — Quero que faça o sistema funcionar. Quero que a ensine como se esconder sob os olhares de todos e como desaparecer na decoração da parede. Quero que você fique de olho nas coisas em que ela não presta atenção. Quero que a ensine como identificar uma mentira e como convencer uma pessoa a confiar nela sem depender da compaixão.

— Ela foi eleita rainha — Rabene disse. — Com certeza já sabe fazer algumas dessas coisas.

— Isso pode até ser verdade. Mas quero que faça disso parte do arsenal dela, não algo que ela use apenas como último recurso.

Rabene olhou para ele por um longo momento. Panás não tinha certeza do que ela estava procurando, mas, fosse o que fosse, ficou claro em seu rosto no momento em que encontrou. Ele ganhara uma aliada. Seja lá o que Amidala planejasse com as outras, ele teria uma dama de companhia em quem poderia confiar. Sentiu-se um pouco mal — ela era apenas uma garota, afinal de contas —, mas a defesa planetária dependia disso e Panás não deixaria nada ao acaso. Aquilo era uma coisa que ele podia controlar.

— Então está bem, capitão Panás. Conte comigo — ela disse. Rabene sorriu para ele, um sorriso doce e leve, mas ele não se deixou enganar nem por um instante. — Vou ensinar a sua rainha como usar o ferrão.

CAPÍTULO 6

Havia cinco delas, incluindo Tsabin, que já estavam de pé atrás do trono. Panás as apresentou para a rainha sem nenhuma cerimônia ao final da segunda semana de reinado. Cada uma se curvou educadamente quando ele pediu que dessem um passo à frente e Amidala as cumprimentou com um aceno de cabeça idêntico. Seu rosto estava totalmente pintado para a corte e seu elaborado ornamento se estendia de cada lado da cabeça. Ela teve o cuidado de agir de maneira impessoal, um mistério vestindo um verde volumoso. Panás tinha certeza de que ela não se movia fazia várias horas, mas não havia indicação de que sua atenção titubeava.

Foi um dia longo com os representantes regionais — havia uma projeção de falta de mão de obra para a colheita daquele ano, e a discussão se dividia entre trazer estrangeiros para ajudar com o trabalho ou simplesmente comprar comida de outros planetas e deixar que os grãos se tornassem fertilizante para a próxima estação. Todos estavam ansiosos para encerrar as conversas. Mesmo assim, Amidala se sentava com as costas eretas em seu trono e olhava o rosto de cada garota enquanto Panás as apresentava.

— Rabene Tonsort, artista e atriz talentosa. — A expressão plácida de Rabene indicava que havia muitas coisas que Panás havia deixado de fora de sua biografia. — Eirtama Ballory, cientista e engenheira; Suyin Higin, costureira e construtora; e Sashah Adova...

Panás parou de falar quando Sashah fez sua reverência, sem conseguir quantificar exatamente por que ele havia pensado que a garota de doze anos era qualificada para aquilo, embora não houvesse dúvida em sua mente de que ela era. Amidala percebeu sua pausa e arriscou um meio-sorriso, mais emoção do que ela geralmente mostrava em público.

— Obrigada, capitão — ela disse, como se as apresentações tivessem terminado sem incidentes. — Você fez um trabalho excepcional em pouco tempo para encontrar candidatas tão excelentes.

— Foi meu privilégio — falou Panás, curvando-se.

— Vamos subir até a suíte e conversar mais um pouco — Amidala continuou, agora falando diretamente com as garotas. — Há algumas coisas que precisamos discutir.

Panás cerrou os dentes. Amidala vinha mostrando uma firmeza excepcional em não permitir guardas na suíte sem uma boa razão e ele tinha a sensação de que ela o excluiria da conversa deliberadamente.

A rainha se levantou e conduziu o grupo até a escadaria. As garotas a seguiram até seus aposentos e Tsabin fechou a porta, tentando não sorrir diante da expressão de Panás. Na sala de estar, Amidala indicou que elas deveriam se sentar, depois ela própria se acomodou em uma poltrona ao lado da lareira e tirou o ornamento da cabeça. Tsabin já estava ao lado dela antes de a rainha terminar de retirar todos os alfinetes e aceitou a entrega prontamente.

— Apenas deixe-os sobre a mesa por enquanto — instruiu Amidala. Tsabin fez isso e depois se sentou.

Padmé tomou um momento para soltar os cabelos e olhar para as garotas selecionadas por Panás. Todas eram fisicamente semelhantes a ela, exceto Eirtama, que era loira, e todas mostravam um interesse educado. Nem Sashah parecia intimidada pelo apartamento. Padmé ficou impressionada.

— Meu nome é Padmé — ela se apresentou. Queria que as garotas entendessem. — Imagino que o capitão Panás explicou bem os aspectos perigosos dessa posição, mas eu estava procurando algo mais do que simples guarda-costas.

— Não é uma adição — Sashah disse. Ela tinha uma voz envolvente. — É uma expansão.

— De fato. Mas também é uma colaboração. Panás selecionou cada uma de vocês porque possuem talentos que não tenho. Quero usar esse início para nos transformar em algo ainda mais forte.

— Não apenas seis partes — Suyan disse. — Você quer que cada uma de nós aprenda o talento das outras.

— Ele me contratou para ensinar a você como trapacear — declarou Rabene. Ela falou com tanta franqueza que Padmé suspeitou que estivesse mantendo segredos. Isso não seria um problema, por enquanto. Padmé também tinha muitos segredos. — Aparentemente, ele acha que você não consegue enganar o suficiente sozinha, mas estou começando a achar que ele está subestimando você.

Padmé deu um sorriso discreto. Isso estava indo melhor do que ela esperava. Deixar a seleção para Panás corria o risco de ele selecionar garotas talentosas e leais, mas que não eram compatíveis com seu estilo e objetivos particulares. De algum jeito, tanto capitão quanto rainha conseguiram o que queriam: um grupo de damas de companhia que podia, com sorte, evoluir para uma unidade formidável. Desde que, é claro, suas personalidades fossem compatíveis. Havia uma diferença entre ambição e comprometimento, e querer servir não era a mesma coisa que fazer parte de um todo.

— Padmé e eu já começamos o treinamento de combate juntas — comentou Tsabin. — E venho ensinando a ela como respirar, o que ajuda a controlar suas reações físicas.

Eirtama se inclinou para a frente e apanhou o ornamento de cabeça. Aparentemente, ela era do tipo que sempre queria estar fazendo algo com as mãos.

— São todos como esse? — ela perguntou, virando o ornamento para examinar a parte que se prendia à cabeça de Padmé.

— Tão grande? — Padmé respondeu.

— Tão rígido e desajeitado — ela esclareceu. — É um original ou uma réplica de alguma peça histórica? Parece muito desconfortável.

— E é mesmo — confirmou Padmé. — Original e desconfortável.

— Posso criar um idêntico com metade do peso — Eirtama disse. — Ninguém saberá a diferença além de nós.

— Deixe-me ver — pediu Suyan, estendendo as mãos. Eirtama passou o ornamento sem hesitar. — Ah, sim, podemos melhorar isso. Acho que foi feito antes da importação da seda Karlini, não há razão para não conseguirmos duplicar isso com um estilo mais fácil de vestir. Esse aqui pode ir para algum museu.

— Também vamos dar uma olhada em seus vestidos. — Eirtama examinou o vestido verde que Padmé usou, com um olhar crítico. Suyan concordou. — Pelo menos isso parece feito com materiais modernos, mas vamos ver se podemos fazer algumas modificações para melhorar o conforto e a funcionalidade.

Tsabin se virou com expectativa para Sashah, que ainda não havia falado nada que indicasse a razão de Panás a ter escolhido. Padmé também a olhou com curiosidade.

— O capitão acha que trabalhamos para ele — Sashah disse. — Pensa em nós como uma extensão da Força de Segurança Real. Ele não entende o que você quer de nós. E ele sabe algo de Rabene que acha que pode usar para controlá-la.

Isso não era surpresa. Rabene deu de ombros.

— Quando ele disse "artista e atriz", o que ele quis dizer era que eu falsifiquei obras de arte clássicas e depois convenci estrangeiros de outros planetas a comprá-las como se fossem originais. — Rabene disfarçou um sorriso. — Ele não mencionou que também sou uma ótima musicista. Eu precisava escolher algo na escola, antes de ser afastada, então escolhi...

— A criminalidade? — Tsabin agora ria sem se conter. Suyan pareceu um tanto escandalizada, mas mesmo ela estava sorrindo.

— Escolhi a música porque eu nunca a usaria de modo não convencional.

— É claro — Tsabin disse.

— Ele ameaçou você? — Padmé perguntou. Ela não podia tolerar isso.

— Não de maneira explícita — respondeu Rabene. Não parecia que Panás a tivesse deixado preocupada com alguma coisa. — A escola não me denunciou depois de me flagrarem e os estrangeiros não desconfiam de nada. Mas ele insinuou que dificultaria as coisas para mim, se eu recusasse.

— Vou dizer a ele que isso não é apropriado — Padmé prometeu.

— Acho que não deveria fazer isso — Rabene disse. — Pelo menos ainda não.

As seis garotas pensaram um pouco, digerindo aquilo.

— Por que ele acha que é tão perigoso? — indagou Suyan. — Há décadas que nenhum ataque, direto ou não, acontece contra a monarquia de Naboo. Você é brilhante, mas Sanandrassa também era, de um jeito próprio. Assim como todas que já foram rainha. O que ele acha que está por vir?

— Honestamente, acho que é apenas paranoico — respondeu Padmé. — Ele foi funcionário da legislatura quando era jovem, depois seguiu para a segurança, em vez das artes. Sei que ele conhece de passagem o senador Palpatine, então provavelmente entende mais de política externa do que a maioria dos guardas. Acho que começou como um simples palpite.

— E agora? — Eirtama perguntou.

— Não tenho certeza. — Padmé hesitou. — Estamos diante de uma falta de mão de obra para a colheita, o que não é nenhuma novidade. As discussões em geral alternam entre diferentes soluções, e dessa vez a facção de compradores de fora do planeta parece estar vencendo o debate, provavelmente porque Sanandrassa apoiava o isolacionismo durante seu reinado e eu apenas tive duas semanas para começar a mudar as coisas. O Senado Galáctico está tentando mudar algumas leis de tributação, e Naboo definitivamente seria afetada se algo fosse aprovado. Mas ainda não podemos saber.

— Então é paranoia com visão — Rabene disse.

— Não quero que isso saia do controle — Padmé continuou. — Quero estar pronta para qualquer coisa, é claro, mas não quero ficar com tanto medo da minha própria sombra para desistir do meu idealismo e da esperança. Na verdade, era por isso que eu queria ser rainha. Para mostrar que Naboo pode ser forte com suas próprias tradições *e* fazer parte da comunidade galáctica.

— Nós seremos a sua sombra — prometeu Sashah.

Padmé olhou para cada uma delas. Assim como com Tsabin, ela já havia decidido que confiaria nelas. As garotas foram honestas com Padmé e haviam concordado com os termos originais de Panás, o que incluía uma promessa de sigilo significativa. Todas cederam e ganharam para chegar ali, naquele quarto, no palácio, onde podiam planejar o futuro de milhões, e isso já era algo em comum para começo de conversa. Quando Padmé olhou nos olhos de Tsabin, a dama de companhia assentiu.

— Nesse caso, acho que existem algumas precauções preliminares que podemos tomar — Rabene disse. — Acho que precisamos de novos nomes. Estamos mantendo segredo de nossas famílias, e de todo mundo no planeta, e eu sou um *pouco* conhecida, afinal de contas.

— Você tem alguma sugestão? — Padmé perguntou.

— Você precisou desistir de Padmé — Tsabin começou. — E se nós escolhêssemos nomes parecidos com esse?

— Isso seria perfeito — Rabene disse. — Garanto que a maioria das pessoas vai ouvir tantos *ês* juntos e literalmente nunca se lembrar de quantas de nós existem, muito menos de quem é quem.

Eirtama claramente tinha objeções quanto a desistir de seu nome, mas não disse nada. Padmé se inclinou para a frente.

— Você sabe que pode discordar de mim em particular — ela disse. — Principalmente quando estamos discutindo ideias.

— Eu gosto do meu nome — Eirtama disse, depois de um breve silêncio. — Eu gostaria de transformá-lo em um nome famoso, sabe? Criando ou consertando coisas. Não queria desistir disso.

— Tem que ser todas ou nenhuma, ou então não vai funcionar — disse Rabene. — E você pode deixar seu nome famoso depois, se realmente quiser.

— Eu... — Eirtama hesitou mais uma vez.

— É muito estranho ouvir alguém chamar você por outro nome — Padmé disse. — Levou um tempo para eu me acostumar. Não tive escolha, então não tomarei essa decisão por vocês.

— O objetivo é sermos invisíveis — Sashah afirmou. — Se quer ficar famosa, então esse trabalho não é para você.

Eirtama se endireitou diante daquela crítica, como se tivesse sido desafiada diretamente.

— Posso ser as duas coisas — ela insistiu. Eirtama relaxou, cedendo, mas não completamente derrotada. — Mas vocês têm razão sobre esperar. Acho que não serei a mais jovem a conquistar alguma coisa, mas ainda posso ser a melhor.

Ficou claro que Eirtama não estava totalmente satisfeita, mas o primeiro obstáculo fora superado.

— Quando você estiver maquiada, nós devemos sempre chamá-la de Vossa Alteza — Suyan sugeriu, limpando a garganta para mudar de assunto. Sashah olhou para ela e depois rapidamente desviou os olhos. — Isso vai ajudar a estabelecer limites e saberemos quando poderemos questionar as coisas. Mesmo se estivermos sozinhas.

— Todas nós vamos usar a maquiagem em algum ponto, imagino — Tsabin disse. — Mesmo se for apenas para praticar.

— Quem estiver usando o rosto também vai receber o título — Eirtama acrescentou. Ela parecia determinada a ajudar a tomar as decisões, pelo menos para ter certeza de que eram aquelas com as quais concordava. Era melhor do que nada. — E vamos treinar para não ficarmos chocadas se algum criado do palácio nos cumprimentar.

— E por falar em criados — Sashah disse. — Acho que eu deveria ser uma. Você vai precisar de alguém que possa sair para realizar alguma tarefa e que não levante suspeitas porque as pessoas a veem o tempo todo. Sou a menor e a menos provável de ser a rainha. Sou a melhor escolha.

Padmé considerou todas as sugestões em sua mente. Elas estavam se mostrando melhores do que o imaginado e estavam apenas começando.

— Acho que Padmé também deveria ser uma criada — Rabene sugeriu.

— Como isso funcionaria? — Tsabin perguntou.

— Se alguma outra garota magicamente aparecer perto da rainha, alguém pode notar — Rabene disse. — As pessoas têm que se acostumar a vê-la. Ninguém presta atenção às criadas.

— Acho que isso é uma direta contradição — julgou Tsabin. — Mas também acho que você está certa.

Panás nunca permitiria. A ideia de Padmé perambulando por Theed como ela mesma seria demais para o capitão. Ela tinha certeza disso. Mas talvez ele pudesse entender por que esse papel seria bom para ela dentro dos muros do palácio. Ele era uma pessoa razoável e a ideia de Rabene fazia sentido.

— Vamos convencê-lo aos poucos — Sashah disse, entendendo o problema. — E eu serei a criada principal, de qualquer maneira, o que ajuda um pouco.

Agora todas estavam sorrindo abertamente, adorando os planos que estavam tecendo, os segredos que manteriam apenas entre elas.

— Rabé — Rabene disse. — A encarregada do seu guarda-roupa, eu acho.

Isso daria a ela acesso aos itens mais pessoais que protegiam a rainha — suas roupas, joias e outros acessórios — e daria uma razão para estar sempre disponível. Era perfeito para uma oficial da inteligência.

— Yané — disse Suyan. — Serei a responsável por fazer a ligação com a equipe do palácio e os droides.

Ela ficaria de olho em tudo o que acontecia dentro do palácio. Ninguém suspeitaria de nada anormal, se ela aparecesse de repente na cozinha ou nos jardins para conversar com alguém sobre as necessidades da rainha.

— Eirtaé — Eirtama disse. — Comunicações.

Todos ficariam acostumados em vê-la com uma variedade de dispositivos eletrônicos nas mãos. Não pensariam sobre o que ela estava fazendo.

— Saché. A humilde criada.

Ninguém daria atenção ao vê-la por aí.

As garotas haviam escolhido algo que as faria parecer completamente inofensivas, mas que permitiria que tivessem funções adicionais sem que ninguém desconfiasse de nada. Suas habilidades poderiam ser usadas sem ninguém perceber.

Padmé sorriu e olhou para Tsabin. Sua primeira dama de companhia. Nas duas semanas desde a eleição, elas passaram quase todos os momentos juntas, embora a maioria das pessoas não tivesse notado a presença de Tsabin. Ela havia oferecido opiniões sobre vários assuntos e Padmé já estava contando com o bom senso de Tsabin para controlar seu próprio idealismo. Elas eram amigas, ou estavam a caminho de uma amizade. E estavam aprendendo a lidar com o desequilíbrio de poder entre elas. Não era perfeito — Saché parecia estar evitando Yané deliberadamente —, mas era um começo.

— Serei a assistente de todas — Tsabin disse. — Assim as pessoas ficarão acostumadas a me ver assumindo diferentes papéis e não questionarão minha ausência se eu não estiver visível.

— E? — Padmé perguntou. Tsabin sempre teria que seguir as escolhas de outros. O mínimo que poderiam fazer era dar aquilo a ela.

Tsabin sorriu.

— Sabé.

CAPÍTULO 7

— NÃO GOSTEI DISSO — declarou Panás.

— A culpa é sua, meu amor — Mariek respondeu. Ela era sempre direta e geralmente ele gostava disso nela, mas era uma qualidade menos atraente quando se tratava de apontar os defeitos dele. — Você não pode juntar tantas adolescentes e não esperar que elas fiquem tramando coisas. Ou que matem umas às outras. Francamente, você tem sorte por elas estarem só tramando.

Panás pensou em nove respostas diferentes, oito das quais provavelmente acabariam em divórcio. Ele desistiu e tentou outra abordagem.

— Você tem alguma sugestão sobre como lidar com elas? — perguntou. — Já que parece ser especialista no assunto.

— Porque eu já fui uma, você quer dizer? — ela disse, maliciosamente.

— Eu...

— Estou brincando, meu amor. Você deu à rainha uma excelente caixa de ferramentas. O que ela vai fazer com isso é escolha dela, infelizmente para os seus pobres nervos, mas a caixa ainda é sua. Só não transforme isso em uma prisão ou elas realmente vão se voltar contra você.

— Não estou prendendo ninguém!

— Chame do que quiser — Mariek disse. — Você está controlando as garotas e elas não vão gostar disso da mesma maneira que você não gosta quando elas controlam você. Apenas faça seu trabalho e confie nelas.

— Eu gostaria que você tivesse aceitado a promoção para a guarda pessoal — Panás resmungou.

— Isso seria uma péssima ideia — respondeu Mariek. — Já que concordo com elas quanto a esse cenário.

Ela o beijou, rindo, e Panás acabou com uma sensação de que tinha perdido dois embates naquela manhã.

O primeiro problema foi que Saché se recusou a compartilhar um quarto com Yané.

Ela não apontou motivo algum e fincou o pé no chão com uma teimosia que ninguém havia esperado. Rabé e Eirtaé haviam criado um sistema para tornar aleatória a agenda, com o objetivo de que nenhuma dama de companhia ficasse no mesmo lugar por dois dias seguidos, e a recusa de Saché estava impedindo que elas implementassem esse plano. Padmé não quis tomar partido, mais porque Yané inexplicavelmente concordava com Saché. Parecia intensamente pessoal, de um jeito que Padmé não entendia bem, e parecia uma tolice, mas ela estava determinada a dar a suas damas de companhia o máximo de privacidade e, se era isso o que Saché queria, não era algo tão difícil.

— Que seja — Rabé declarou finalmente. — Então vou adicionar isso ao programa. Vocês nunca precisarão dormir no mesmo quarto. Imagino que não haja problema em serem vistas juntas em público?

Saché concordou graciosamente e, nos três dias seguintes, os doces favoritos de Rabé foram servidos junto com o chá da tarde e todas consideraram aquilo um pedido de desculpas adequado.

Panás não ficou totalmente satisfeito por nunca saber quantas figuras de túnica acompanhariam a rainha em determinado dia. Mas essa também era a ideia de Rabé. Se a rainha sempre estivesse acompanhada por um número diferente de damas de companhia, seria mais difícil dizer quem estava faltando.

— São cinco para proteger você — disse Panás. Sua voz era cuidadosamente controlada, assim como a da rainha. Os dois tentavam falar de modo que o respeito ficasse tão claro quanto a discordância, mas ambos ainda não tinham prática suficiente.

— É assim que elas vão me proteger — Amidala rebateu.

No fim, Padmé concordou com a adição de mais dois guardas em cada turno. Foi um raro meio-termo, no qual todos conseguiram o que queriam em primeiro lugar, e o custo foi considerado adequado por todo mundo.

Ao final da segunda semana, Yané declarou que estava na hora de dar a Sabé a chance de sair da suíte usando o rosto da rainha. Ela memorizou o rodízio dos funcionários e observou o horário em que os droides limpavam o chão e as janelas. Ela sabia exatamente o momento em que cada coisa acontecia. Além disso, ela e Eirtaé haviam terminado três ornamentos de cabeça, além de suas outras tarefas, e um vestido que tinha toda a aparência tradicional de Naboo, mas pesando apenas um terço do normal. O novo vestido tinha presilhas muito mais simples, facilitando a operação de vestir e tirar, algo em que Rabé havia insistido depois de mostrarem a ela o desenho original.

Elas escolheram uma manhã em que Amidala não tinha nenhuma aparição pública. Saché saiu da suíte e retornou três vezes em diversas tarefas, e então Padmé, vestida de modo idêntico, saiu para supostamente apanhar um livro na biblioteca da rainha, que ficava no final do corredor. Tudo que Sabé precisava fazer era atravessar o corredor sem ser reconhecida para que o teste fosse bem-sucedido.

— Isso realmente pesa menos do que os antigos? — Sabé perguntou enquanto Yané prendia as ombreiras e o tabardo sobre o enorme vestido azul.

— Não seja espertinha — Rabé disse. — Você sabe o quanto elas trabalharam duro nisso.

Sabé usava um conjunto de túnicas azuis debaixo do vestido, o mesmo conjunto que Saché e Padmé haviam usado quando foram vistas deixando o quarto. As damas de companhia geralmente usavam túnicas do mesmo estilo, escolhidas para combinar com o que a rainha estivesse vestindo. Capuzes estavam entrando na moda rapidamente, espalhando-se da corte de Theed para a população em geral; portanto, sempre havia várias mulheres parecidas com as damas de companhia em qualquer parte do palácio.

Sobre as túnicas, Sabé usava um vestido azul-escuro feito de seda Karlini com um corte que combinava com o estilo arcaico de Naboo. O tabardo era preto e preso por um elaborado cinto encrustado com joias. As enormes ombreiras, que dariam a maior parte do apoio para o ornamento da cabeça, também eram pretas. Eirtaé não estava totalmente satisfeita com o desenho, mas Yané a convenceu de que seria mais fácil testar um modelo físico do que projetar de novo e de novo. O ornamento em si era um penteado que parecia simples, enfeitado com contas brancas e azuis que chacoalhavam sempre que Sabé movia a cabeça. Uma larga peça triangular ficava atrás dos ombros e da cabeça, completando o visual. Não ajudava com a visão periférica, mas sua postura era impecável.

Yané deu os toques finais na maquiagem.

— Acho que terminei — ela declarou. — O que vocês acham?

Rabé e Eirtaé examinaram de perto e não fizeram nenhum comentário.

— As ombreiras são uma boa ideia — disse Saché. — Ninguém vai prestar muita atenção no rosto dela, mesmo se tentarem. Os olhares sempre serão atraídos para outra parte.

— Obrigada — Yané disse. Ela tirou o avental que usou para proteger sua túnica da maquiagem e puxou o capuz sobre a cabeça. Ela e Eirtaé foram as escolhidas para acompanhar Sabé, pois a outra metade do teste era saber se conseguiriam trocar Padmé de volta para o rosto da rainha enquanto estavam na biblioteca.

— Vamos — chamou Sabé.

— É claro, Vossa Alteza — Rabé disse, sem piscar enquanto olhava para o rosto pintado de Sabé.

Seria preciso mais do que aquilo para perturbar a garota número dois. Sabé assentiu lentamente e se voltou para a porta.

Os guardas no corredor se endireitaram quando Amidala passou por eles e não deram indicação nenhuma de que perceberam algo fora do normal. Dois deles começaram a seguir Yané e Eirtaé. A biblioteca ficava a cinquenta metros pelo corredor, e a distância de repente pareceu ridiculamente grande para Sabé. O vestido era pesado. Ela não havia praticado andar com aqueles sapatos. Não conseguia virar a cabeça por causa do ornamento. Ela encheu os pulmões, nenhuma parte do corpo se moveu para revelar a respiração controlada, e começou a andar.

Chegaram a dez metros da porta antes de o capitão Panás aparecer no corredor. Ele estava adiantado. Atrás de Sabé, Yané respirou fundo e Eirtaé fez uma careta discreta.

— Vossa Alteza — Panás disse, amigavelmente. — Achei que não tinha nenhum compromisso hoje.

— Estou indo até a biblioteca — avisou Sabé, querendo manter a conversa o mais breve possível.

Panás assentiu e abriu caminho para elas passarem. Ele estava quase fora do alcance da visão de Sabé quando ela percebeu seu franzir de sobrancelhas. Ela deu os últimos passos até a biblioteca o mais rápido que pôde, deixando Eirtaé passar por ela para abrir a porta. Isso deu a Eirtaé uma visão clara do rosto de Panás enquanto Amidala entrava na sala, antes de fechar a porta, deixando os guardas para fora.

Sabé quis se encostar na parede e resmungar, mas o vestido não permitiria. Ela acabou praguejando baixinho.

— Poderia ter sido pior — Yané disse, tentando animá-la.

— O que aconteceu? — Padmé perguntou. A "criada" estava no topo da escada da biblioteca, com um livro na mão, para que pudesse fingir que havia acabado de achá-lo se alguém entrasse de repente.

— Panás — Sabé disse secamente. Ela ergueu os braços para que Eirtaé pudesse começar a trabalhar.

Padmé desceu a escada e ficou de frente para ela, para que Yané também pudesse começar as preparações.

— Ele flagrou você? — ela perguntou.

— Ele nos viu — Sabé respondeu. — E tenho certeza de que sabe que era eu.

— Ficou desconfiado, no mínimo — Eirtaé acrescentou. — Quando vi seu rosto, ele ainda estava pensando.

— E isso já está de bom tamanho — Padmé disse. — Nada mal para uma primeira tentativa.

Sabé não respondeu, hipoteticamente porque Eirtaé estava tirando a maquiagem de seu rosto, mas, na verdade, porque ao menos uma vez ela queria ser a melhor em alguma coisa por causa de seus talentos naturais.

— Ele só começou a suspeitar quando você falou — Yané sugeriu.

— Não posso ser a dublê da rainha se eu não puder falar — Sabé disse. Sua cabeça estava livre do ornamento, então ela prendeu o cabelo com a trança simples que as damas de companhia estavam usando debaixo do capuz.

— Já conversamos sobre o rosto da rainha — Padmé falou. — Fazemos isso com a maquiagem e praticando imitar nossas expressões. E vamos precisar... inventar uma voz para a rainha.

Não era uma ideia ruim.

— Você já fala diferente quando conversa com oficiais do governo — Sabé disse. — Não seria muito difícil ajustar a inflexão para nós duas.

— Para todas nós, eu diria, porque Rabé não está aqui — Padmé continuou. Estava sorrindo. Sabé achou que ela se decepcionaria, mas a verdade era que Padmé adorava planejar as coisas e agora elas tinham um plano. — E teremos que trabalhar para incorporar o sotaque de Rabé também.

— Vou adicionar à lista — Eirtaé disse.

Trabalhando rapidamente, as damas de companhia transferiram o vestido de uma rainha para outra e Yané apanhou uma versão portátil do estojo de maquiagem real de dentro do bolso. Ela fez o rosto de Padmé enquanto Eirtaé prendia o ornamento de cabeça e Sabé vestia o capuz. Demorou vários minutos para terminarem a transição. Se fosse um vestido mais complicado, como alguns dos quais Amidala usava na corte, não teria sido tão rápido, mas Rabé insistiu para que começassem com algo mais fácil.

Sabé apanhou o livro que Padmé havia escolhido e tomou seu lugar no final da procissão. Eirtaé abriu a porta novamente e as quatro entraram no corredor como se fosse um dia qualquer.

Dessa vez, os cinquenta metros pareciam mais amigáveis. Tudo que Sabé precisava fazer era manter a cabeça baixa e ser reconhecida como a criada que todos viram entrar na biblioteca meia hora atrás.

Os guardas vieram atrás dela e todos andaram de volta para a suíte como se tudo estivesse perfeitamente normal. Quando chegaram à porta, Panás a abriu para elas.

— Vossa Alteza encontrou o livro que procurava? — ele perguntou distraidamente.

Elas não haviam contado a ele sobre o plano de fazer Padmé se passar por criada. Yané dissera que era mais fácil pedir perdão do que permissão, então elas simplesmente seguiram com o plano. Talvez devessem ter deixado a "criada" na biblioteca para melhor concluir a cena. Eirtaé podia adicionar isso à sua lista.

— Sim, obrigada, capitão — respondeu Padmé. Sua voz saiu mais grave para se parecer mais com a voz de Sabé. — Encontrei.

O governador Bibble não ficou surpreso pelo resultado da votação, mas Padmé percebeu que ele ficou um pouco desapontado, embora nem ela nem as damas de companhia deixassem transparecer.

— É claro que todos nós entendemos as razões agrícolas para deixar metade das plantações de Naboo apodrecendo — ele disse, depois de terminarem o relatório. — Sempre existe o risco de plantar demais, e qualquer chance de ajudar naturalmente o ciclo de nitrogênio é bem-vinda. Mas achei que sua influência seria suficiente para destravar o planeta.

— Concordo, governador — Amidala disse. A nova voz ainda não vinha naturalmente para ela, então elas estavam testando com um aliado conhecido para começar. Por enquanto, Bibble não havia reagido. — A economia certamente pode suportar a compra de grãos no momento, mas existe uma diferença entre simplesmente comprar coisas de estrangeiros e recebê-las com satisfação, como o incentivo à emigração de fora do planeta teria feito.

Sanandrassa foi uma boa governante, mas ela havia travado Naboo ao manter suas crenças sobre o isolacionismo planetário, e tanto a rainha quanto o governador estavam ansiosos para reabrir o planeta. Nenhum dos dois precisava dizer aquilo em voz alta.

— Ah, bem — o governador disse quando Amidala se levantou para se retirar. — Sempre temos a próxima estação.

— Agradecemos a sua dedicação, governador — Amidala disse. Sua voz titubeou um pouco ao final da sentença.

— Vossa Alteza está se sentindo bem? — Bibble perguntou. — Ajustou-se no papel de rainha excepcionalmente bem, mas há sempre efeitos colaterais em qualquer novo emprego.

— Estou muito bem, obrigada — Amidala confirmou. Ela deixou um pouco de cordialidade voltar ao tom da rainha. Um movimento no canto do olho chamou sua atenção e ela soube que Yané havia fechado os punhos dentro de sua túnica, algo que sempre fazia quanto estava tentando segurar uma risada.

— Avisarei sobre as atualizações assim que acontecerem — Bibble disse, fazendo uma reverência.

Assim que a porta se fechou entre eles, Padmé ouviu o som inconfundível de uma risada vindo do capuz de Rabé.

CAPÍTULO 8

A situação entre Saché e Yané não mudou, nem ficou mais claro qual era a situação em si. Elas eram amigáveis uma com a outra, mas Saché nunca ficava sozinha com a outra garota. Ela se recusava a explicar o motivo e Yané não parecia se ofender. Uma provocação gentil apenas deixava Saché desconfortável e fazia Yané se fechar, então eventualmente as outras apenas desistiram e aceitaram isso como uma excentricidade. Assim como Eirtaé sempre mexia com pequenos eletrônicos e Rabé gostava de assobiar enquanto pensava, elas ignoraram a questão completamente. O que, claro, resultou nas irritações se acumulando até o ponto em que explodiram de modo espetacular.

— Eu *achei* que você gostaria da chance de escrever um programa mais complicado — Yané retrucou rispidamente. Eirtaé estava resmungando sobre ter de sair do quarto quando Saché pegou o resfriado que Yané havia contraído na semana anterior. O droide médico havia recomendado que as duas compartilhassem um quarto até que os sintomas passassem. Saché recusara imediatamente.

— Minha vida já é bastante complicada, obrigada — Eirtaé disse. — Eu poderia estar estudando os quadrantes orientais, ajudando a construir pontes, mas estou aqui com *vocês duas* e vocês não podem nem ficar *doentes* juntas.

Por um momento, parecia que Padmé daria uma ordem direta, algo que ela nunca havia feito dentro da suíte. Mas então Saché suspirou.

— Desculpe — ela disse. — Vou mudar para o quarto da Yané.

— Eu já *arrumei* as malas! — Eirtaé estava no auge da sua irritação. Já que elas raramente davam vazão às suas emoções, provavelmente aquilo já era esperado.

— Arrumou o quê, exatamente? — Sabé perguntou. — Nós compartilhamos um guarda-roupa.

Eirtaé parecia pronta para arrancar a cabeça de alguém e Padmé relutantemente interveio.

— Obrigada, Saché, por ver o outro lado da questão — ela disse. Sua voz saiu com o tom grave que elas vinham praticando para Amidala. — Sei que não é fácil fazer algo que a deixa desconfortável.

Saché se arrastou para o quarto onde Yané estava ficando desde que começou a mostrar sintomas.

— Eirtaé, sinto muito pela interrupção — Padmé disse.

— Não se culpe por isso — Eirtaé respondeu. — Não estou brava com você.

— Você pode ficar brava aqui — Padmé disse. — Ignorar isso não ajuda ninguém.

— Obrigada — Eirtaé ironizou. Ela não pediu desculpas nem aceitou as de Padmé, mas esse era o preço da convivência.

— Você realmente quer construir pontes? — Padmé perguntou. Elas haviam concordado vagamente que as damas de companhia ficariam juntas por pelo menos um mandato, mas ninguém fez nenhuma promessa séria.

— Na verdade, não — Eirtaé disse. Ela abriu um sorriso travesso. — Pontes são fáceis demais.

— Mais alguém quer extravasar? — Padmé perguntou. — Já que estamos todas aqui.

Após alguns momentos de silêncio, Sabé limpou a garganta.

— Não quero parecer como se estivéssemos todas reclamando da Saché — ela disse, cuidadosamente. — Mas ela não é muito boa com a voz.

A voz da rainha era um ponto que vinha sendo muito discutido a semana inteira. Já que Padmé dera essa tarefa para Sabé sem pensar muito, as outras três tinham sido forçadas a igualar o tom de Sabé, apesar de suas vozes serem mais agudas. Era difícil para todas elas, principalmente para Rabé. Ela já tinha desenvolvido um sotaque na escola para mascarar o fato de que vinha das Províncias Orientais, e a voz da rainha pedia um tipo completamente novo de falar. Mesmo assim, ela estava melhorando, e era Saché quem mais tinha dificuldade. Sua voz só podia chegar até certo ponto.

Ela voltou para o quarto, usando uma máscara sobre a boca e o nariz.

— Eu sei — ela disse, claramente sofrendo com isso. — Eu simplesmente não consigo, e vamos ter que aceitar. Não faz sentido mudar todo o plano porque uma de nós não consegue. Eu simplesmente nunca vou ser a rainha.

Rabé pensou um pouco. Seria ideal que cada uma delas trabalhasse para ser um espelho das outras, mas era mais difícil na prática do que na teoria. Era impossível esconder a baixa estatura de Saché, mesmo tentando utilizar os sapatos dos modos mais inteligentes, e os cabelos loiros de Eirtaé também dificultavam as coisas.

— Que seja — ela disse, depois se virou para Eirtaé. — Isso vai afetar o seu algoritmo?

— Ah, que se dane o algoritmo — Sabé disse. — Cansei de planejar cada movimento e fingir ser outra pessoa para enganar os guardas agora e o resto das pessoas em alguma emergência que pode nunca acontecer.

— Não é tão simples, Sabé — Yané disse. Ela também usava uma máscara sobre o rosto, mas não escondia a preocupação em seus olhos. De todas elas, parecia que Yané era quem mais tinha uma ligação emocional com o grupo. Ela odiava quando discutiam e se esforçava para mediar cada situação que podia. O fato de estar doente demais para fazer isso agora não era sua culpa, mas as outras sabiam que ela via como um fracasso pessoal. — O capitão Panás nos trouxe aqui para que estivéssemos prontas, e a rainha nos deixou escolher como faremos isso. Nós sabíamos o que esse trabalho significava quando aceitamos o emprego.

— Então nós mudamos o emprego — Padmé disse. — Ainda não tivemos tempo para aperfeiçoá-lo. O que podemos fazer diferente?

Elas pensaram um pouco. Rabé considerou vários cenários em sua mente, mas todos eram muito iguais àquilo que já estavam tentando. Sabé não tinha nenhuma sugestão, apenas uma inquietude da qual não conseguia se livrar.

— Estamos tentando ser iguais às outras fisicamente — Saché disse com a voz que usava quando pensava alto. Já que ninguém mais tinha ideias, elas a deixaram continuar. — Nós praticamos andar e nos vestir e ficar de pé e pensar. E se tentássemos... algo mais prático?

— Mais prático do que andar? — Eirtaé perguntou. A irritação havia sumido de sua voz.

— De noite, antes de dormir — Saché disse. — Nós conversamos e lemos. E se fosse tarefa de alguma de nós ler em voz alta e o resto tentasse aprender o *hobby* das outras? Isso nos daria novas habilidades, nos daria algo para fazer e poderia ajudar a entender como cada uma de nós pensa.

— Posso ensinar a arrombar portas — Rabé sugeriu.

— Isso não é realmente um *hobby* — Yané objetou.

— Nenhuma das coisas que faço por diversão é um hobby — Rabé disse. — Pelo menos arrombar portas pode vir a ser útil algum dia.

— Isso é um começo — Saché disse. — Padmé?

Padmé pensou um pouco. O argumento de Saché fazia sentido. Elas estavam aprendendo a pele uma das outras, mas não o coração. A proximidade que havia encontrado com Sabé naquelas primeiras duas semanas quando eram só as duas, conversando no escuro, ainda precisava ser reproduzida com as outras. Aquilo poderia ser uma boa maneira de diminuir essa distância e estreitar os laços.

— Certo — ela disse, e sorriu. — Primeiro, como arrombar portas.

Dali em diante, ficou mais fácil. Os dias ainda eram preenchidos tentando se conformar a uma única identidade que, na verdade, não era nenhuma delas, mas as noites pertenciam apenas a elas próprias. Se o capitão Panás estranhou a rainha requisitando várias trancas complicadas e depois uma variedade de agulhas de bordado, ele não disse nada. As garotas achavam que ele não queria saber, e estavam mais ou menos corretas.

Amidala saiu para uma visita às províncias agrícolas alguns dias depois de elas decidirem seu novo padrão. Todas as damas de companhia a acompanharam, vestidas em túnicas vermelho-fogo e posicionadas de modo que ninguém soubesse exatamente quem estava onde em qualquer momento. A criada chamada Padmé também foi incluída no diário de viagem, com algum protesto de Panás. Ele não se importava com a "criada" acompanhando o grupo, mas relutou em registrar sua existência publicamente. Mais uma vez, eles chegaram a um meio-termo: Padmé foi registrada oficialmente, mas era raramente vista por qualquer pessoa, já que seu suposto trabalho como arquivista da rainha a mantinha longe dos olhares.

A rainha viajou com um considerável grupo. O governador Bibble estava presente, junto com Graf Zapalo, o conselheiro agrícola; Horace Vancil, o conselheiro de finanças; e todas as suas equipes. Forças de segurança adicionais foram chamadas. Panás havia limitado o número de transportes para sete, o que finalmente freou o número de pessoas que poderiam acompanhar a comitiva. O oitavo veículo continha o guarda-roupa da rainha.

A rainha viajou em um speeder aberto com o govenador ao seu lado. Foi sua primeira aparição pública fora da capital, e seus cidadãos estavam ansiosos para vê-la. Cada manhã, Rabé pintava seu rosto e Eirtaé a colocava na indumentária real que Yané declarava ser particularmente importante para a região onde estavam. Sabé a substituiu apenas uma vez, na manhã em que a menstruação de Padmé começou e ela passou as primeiras horas do dia na cama esperando os analgésicos fazerem efeito. Fora isso, elas decidiram que era importante para o povo de Naboo ver a rainha de verdade, já que tantos haviam votado nela.

— Por que não está tomando injeções supressoras? — Rabé perguntou quando Padmé estava de pé e elas tiveram uma oportunidade para colocá-la de volta em cena.

— Geralmente não é tão forte assim — Padmé admitiu. Foi muito embaraçoso ser pega de surpresa por seu próprio corpo, mesmo com Sabé fazendo perfeitamente seu papel.

— Você está sob mais estresse do que o normal — Yané disse. — Vou acrescentar isso ao seu perfil médico e os droides cuidarão disso quando voltarmos.

No quinto dia, passaram por mais campos de grãos apodrecendo do que Padmé gostaria de ver. Eles explicaram isso a ela, e Padmé já tinha algum entendimento prévio, embora a exata composição química do solo fosse algo que ela não conhecesse. Era uma boa prática agrícola. Logo os fazendeiros passariam o arado sobre as plantas apodrecidas e os campos voltariam a ficar férteis. O ministro da economia viajara junto para assegurar a todos que seriam recompensados adequadamente e, entre a promessa de pagamento e a presença da rainha, havia certa atmosfera festiva durante a visita.

Mas cheirava mal. E o cheiro era inescapável. Permeava tudo e fazia Padmé pensar em podridão e lixo e ruínas. Nada daquilo era algo confortável para ela, mas era importante que Amidala fosse vista aprovando a decisão do governo.

— Onde estamos planejando comprar os grãos? — Amidala perguntou a Zapalo, em uma tarde, quando estavam no speeder. Havia apenas oito assentos e o vestido de Padmé tomava uma fileira inteira, então estavam apenas ela, o governador, os conselheiros, Panás, o assessor-chefe de Bibble e Saché.

— Ainda estamos considerando isso, Vossa Alteza — ele disse. — Vários mundos foram abordados e esperamos que todos façam suas propostas. Então negociaremos o melhor acordo.

— Nós falamos com Karlinus e Jafan? — Amidala nomeou os dois planetas no setor Chommell mais conhecidos por sua agricultura.

— Não, Vossa Alteza. — Zapalo parecia surpreso. — Não falamos. Karlinus, como sabe, focou mais em chá e seda nos últimos anos. Não sei se eles possuem um excedente suficiente para nos fornecer. E Jafan definitivamente não tem.

— Não é preciso nos suprir inteiramente — Amidala disse. A nova voz deixava as pessoas desconfortáveis porque era mais difícil entender suas intenções. Mas isso era, ela admitia, grande parte do apelo. — Se pudermos ajudar a economia deles, mesmo que apenas um pouco, acho que valeria a pena explorar essa possibilidade.

Os conselheiros trocaram olhares e depois se voltaram para Bibble. Seu assessor já estava digitando em seu dispositivo.

— Não há motivo para não olharmos para isso, Vossa Alteza — Bibble disse. — E também acho que procurar nossos vizinhos primeiro é uma boa ideia. Não podemos contar inteiramente com eles, mas podemos tentar algum acordo mutuamente benéfico.

— Muito bem — Vancil disse. — Vou pedir ao meu pessoal que inicie o processo de coordenação com o ministro da agricultura assim que voltarmos para Theed.

— Obrigada. — A rainha era sempre graciosa e deixou a conversa voltar para assuntos que seus conselheiros achavam menos intimidadores.

Saché, cuja versão da criada era tão discreta que a maioria dos oficiais do governo já tinham parado de prestar atenção nela, a menos que precisassem de algo, estava sentada na frente do carro, virada para os passageiros. Ela tinha a melhor visão do rosto de todo mundo. Bibble ficou satisfeito. Panás se manteve cuidadosamente neutro. Nenhum dos conselheiros gostou muito, mas não se opôs. Mas o mais interessante foi o rosto de Padmé. Enquanto os outros claramente consideraram o assunto encerrado por ora, Padmé continuou considerando as opções. Ela virou o rosto para cima, como se estivesse aproveitando o sol, mas Saché sabia que não era só isso. Ela estava pensando nos outros planetas do setor. E não iria parar até conseguir o que queria.

Padmé encontrou os olhos dela quando voltou a olhar para a frente, e Saché acenou com a cabeça, discretamente. Qualquer que fosse seu desejo, as damas de companhia ajudariam a conquistá-lo.

CAPÍTULO 9

O APRENDIZ ESTAVA SENTADO no escuro, esperando o chamado de seu mestre. Há anos ele espreitava nas sombras, desde que fora escolhido, e agora isso começava a irritá-lo. Ele sabia que era intencional. Esperar o deixava com raiva, deixado de lado enquanto seu mestre manipulava a galáxia sem ele. O aprendiz se sentia indesejado, e pior: inútil. E, é claro, isso também o deixava com raiva.

Maul dominara a raiva havia muito tempo. Lutara com ela nas profundezas das cavernas de Dathomir quando criança e lutara com tanto afinco que isso chamou a atenção de seu mestre. A maioria teria sido consumida pela raiva. A maioria teria queimado em uma gloriosa fúria, levando inúmeros outros junto para a escuridão do vazio, mas não Maul. Maul estava destinado a coisas maiores e sua raiva era seu combustível.

Mas ele ainda lutava contra o ódio.

Simplesmente havia coisas demais para odiar. Odiava como a neblina em Dathomir havia obscurecido sua visão, fortalecendo as bruxas. Odiava como ele tinha sido menosprezado como apenas um garoto até que um estrangeiro enxergasse seu valor. Odiava esse mesmo estrangeiro por treiná-lo com tanta astúcia, por meio de tanta dor e sofrimento, e depois não o soltar para espalhar essa mesma dor por toda a galáxia. E, acima de tudo, odiava os Jedi.

Eles não o procuraram. Não sabia se eles sentiram sua presença e o consideraram indigno ou se, em seu estado sem treinamento, acharam que ele não valia a pena, mas não importava. Eles o ignoraram, rejeitaram-no por alguma razão e, apesar de essa rejeição ter servido melhor a ele — era mais poderoso com sua raiva do que poderia ser sem ela —, contava os dias até poder fazê-los pagar por isso.

As peças de seu sabre de luz flutuavam no ar em frente a ele, separadas de seu todo enquanto ele experimentava com o alinhamento pela centésima vez. O sabre de luz era a morte. E isso também era algo pelo que tivera de lutar. Tivera de roubar cada peça, e cada peça era irrevogavelmente *dele*, conquistada com sangue e dor, e apenas uma parcela desse sangue era sua. Ele se concentrou, conectando-se com o poço de escuridão dentro de si, as peças que haviam assustado as jovens bruxas e que agora encantavam tanto o seu mestre. Com a facilidade da prática, ele reformou o sabre, as peças se alinhando facilmente, tão diferente de tudo mais em sua vida. Quando completou, esticou a mão, pressionou o botão e se perdeu no zumbido.

Se perguntassem, Maul diria que não temia nada.

Ele estava errado.

O chanceler Valorum não gostava das reuniões com a Federação de Comércio. Não podia admitir em público, mas tinha uma vaga antipatia por senadores que representavam corporações, não planetas. Era um ponto de vista antigo, uma das razões para manter essa aversão em segredo. A maioria na galáxia acreditava que o empregador de uma pessoa tinha o mesmo direito de ter um lugar no governo que a pessoa em si. Mas isso não significava que ele precisava gostar disso. Apenas que precisava, em sua atual posição, fingir que gostava.

A situação das tarifas estava começando a ficar ridícula. Qualquer outro projeto de lei que não tivesse sido aprovado no Senado tantas vezes teria sido varrido para debaixo do tapete a essa altura, mas, por alguma razão, variações daquela lei continuavam a reaparecer. Não era diferente de uma assombração, exceto que, em vez de um fantasma que precisava ser exorcizado, eram burocratas que simplesmente *não* paravam de falar sobre isso.

— Vocês não podem esperar que os planetas da Orla Média aceitem isso! — o senador Palpatine argumentou, mal se dando ao trabalho de moderar seu tom de voz na sala do chanceler. — Eles não têm cofres tão grandes.

Aquela era a quarta reunião de comitê que Valorum presidia na esperança de evitar uma briga geral na câmara do Senado. Os guardas senatoriais cobertos de azul inspiravam algum senso de decoro nos representantes, e as largas janelas mantinham a atmosfera leve e arejada. Mas, pelo menos até aquele momento, nada adiantou muito: nenhum acordo havia sido alcançado.

— A Federação de Comércio ficaria feliz em oferecer auxílio para qualquer planeta que precisasse — Lott Dodd rebateu. — Já discutimos isso várias vezes, senador.

O senador Yarua, o representante Wookiee, disse algo rápido demais para Valorum entender. Suas emoções ficaram claras, mas Valorum olhou para sua tela para ler a tradução.

— Não, senador — Palpatine disse. — Também não acho que os termos desse auxílio seriam muito atrativos.

O sistema de comunicação emitiu um bipe, indicando que o tempo da reunião havia se esgotado. Todos tinham outros lugares para ir. Valorum se esforçou para não parecer muito irritado. Àquela altura, uma disputa no plenário estava começando a parecer inevitável.

— Senador, venha comigo — ele disse para Palpatine enquanto os outros se retiravam. Os Neimoidianos pareciam ofendidos, mas

Valorum era respeitado demais para que fosse acusado de algum favoritismo. Mesmo assim, enviou Mas Amedda com a delegação de comércio na esperança de que a presença do vice-chanceler aliviasse suas preocupações.

— Perdão, chanceler — Palpatine disse enquanto os dois cruzavam o corredor na direção da sala do senador. — Eu não queria parecer tão agressivo.

— É o seu próprio planeta — comentou Valorum com alguma simpatia. — Ninguém pode culpá-lo por se sentir um pouco emocional quanto à negociação.

— Obrigado — Palpatine disse.

— Acha que teremos algum benefício se chamarmos um moderador independente? — Valorum perguntou.

— Quer dizer um Jedi? — Palpatine questionou, parecendo surpreso. — Não tinha pensado nisso. Não acho que já estejamos tão perdidos assim, senhor, e eu odiaria interferir na prerrogativa senatorial até ser realmente necessário.

— Tem razão, provavelmente — Valorum disse. Os Jedi eram uma boa solução, mas uma solução extrema. Não adiantaria chamá-los para mediar uma disputa sobre tarifas antes que todos os argumentos fossem apresentados. Isso era o tipo de coisa que acontecia *fora* de Coruscant.

Eles chegaram à sala de Palpatine e o senador se despediu. Valorum continuou para sua sala. Era bom ter aliados de bom senso.

Shmi Skywalker assistia à corrida quando o pod de seu filho pegou fogo e colidiu com uma duna. Ela quis gritar e xingar Watto por tê-lo obrigado a correr quando não era seguro. Nenhum outro humano havia competido em uma corrida de pods, e esse recorde dúbio de Anakin podia acabar sempre que ele esperava na linha de largada. Mas ela não podia fazer nada. Não podia protestar ou reclamar, não podia negociar ou trocar. Ela não possuía nada que fosse seu para dar.

Com exceção do próprio Anakin, é claro, que Watto já conhecia e de quem tirava vantagem sempre que podia.

Os droides médicos alcançaram o pod logo após os supressores de fogo serem acionados, e Shmi podia vê-los abrindo caminho nos destroços em busca de um sobrevivente. Pelo menos dessa vez ele não foi lançado para fora. Ele havia colidido com uma parte rochosa da pista, não que areia fosse muito mais macia quando se colide naquela velocidade. Mesmo em chamas, o pod de corridas era moderadamente mais seguro do que colidir com o corpo no chão.

Watto se aproximou, o bater de suas asas revelando sua presença muito antes de chegar, mesmo sem ela precisar virar para trás.

— O garoto está bem — ele disse. — Como sempre.

— Algum dia, não será mais "como sempre", Watto — Shmi disse.

— Talvez algum dia ele pare de arruinar meu pod de corrida também — Watto disse, rindo.

Ele saiu voando para coletar seus ganhos — nunca apostava em seu próprio pod, obviamente — e Shmi voltou a esperar os droides médicos terminarem seu serviço.

Shmi seguiu para a pista de corridas, onde eles o trariam para ela. Shmi era um rosto familiar por ali. Droides não eram exatamente conhecidos por seus olhares solidários, mas ela sentiu como se todos a estivessem olhando assim quando entrou na área médica. Ela chegou pouco antes de Anakin.

Ele estava em uma maca. Era grande demais para ele, então foi transferido para uma menor. Ele não parecia estar sangrando muito, mas Shmi não conseguia dizer se havia sofrido algum ferimento interno.

— Está tudo bem, mãe — ele disse quando a viu. Ele ainda estava cheio de adrenalina, sem perceber a dor e ainda na euforia da corrida. Ele adorava tanto aquilo, e ele adorava tão poucas coisas. Essa era a verdadeira razão para ela nunca conseguir dizer não para as corridas.

— Ani — ela disse. Shmi acariciou seus cabelos.

— Eles só vão me tirar da ação enquanto o bacta costura meu fêmur — ele disse casualmente.

Shmi levantou o lençol e viu que suas duas pernas estavam tortas. Ao menos isso Watto pagaria sem pestanejar.

— Não se preocupe, mãe — Anakin disse. — Sempre vou ficar com você.

Ele estendeu a mão e ela a tomou. Era ridículo ela aceitar aquilo como conforto naquela situação — ultimamente, Anakin ficava com vergonha quando sua mãe demonstrava afeto em público —, mas ela não sabia mais o que fazer. Se começasse a gritar, ela nunca pararia.

— Precisa se afastar agora, madame — o droide disse.

Os droides médicos eram rústicos, mas eficientes. Logo, Anakin estava inconsciente e eles trabalhavam em suas pernas. Shmi precisou desviar os olhos quando os ossos começaram a se mover. Seu coração tinha seus limites.

— Algum dia, não será "como sempre" — ela disse. E foi uma promessa para ambos.

Yoda sentava-se em um pequeno jardim no Templo Jedi, onde geralmente era deixado em paz. Hoje, entretanto, suas meditações foram interrompidas por Mace Windu, que viera até ali para conversar com ele, mesmo os dois estando juntos na câmara do Conselho apenas algumas horas antes.

— Questões impróprias para os outros, você tem? — Yoda perguntou quando Windu se sentou na grama ao seu lado. — Embaraçosas elas são?

— Não, Mestre Yoda — falou Windu. Ele nunca respondeu bem ao humor particular de Yoda, mesmo quando ainda era jovem. Era uma das razões para Yoda continuar com as piadas.

Yoda deixou o silêncio se prolongar mais um pouco, até Windu ceder.

— Você sentiu algo — disse Windu. — Algo que não contou para ninguém.

— Tão esperto você é, Mestre Windu — Yoda disse. — E tão perto da verdade. Mas na direção correta não pensa, eu diria.

— Que outra direção existe, Mestre? — Windu perguntou. — Ou você sente algo, ou não sente.

Yoda tomou mais um momento para não responder. Se esperasse o bastante, eles quase sempre descobriam sozinhos. Era seu método de ensino favorito.

— Você não sente nada — Windu disse, depois de um tempo. — Mestre, sempre existe *algo*.

— Abra sua mente, Mestre Windu — Yoda continuou. — Se sentido nada é, algo deve ser.

Windu se inclinou para a frente, apoiando os cotovelos sobre os joelhos e o queixo sobre as mãos. Ele conseguiu deixar aquela posição graciosa, o que não era sempre algo fácil para homens humanos.

— Não — ele disse, finalmente. — Nada nunca pode ser algo. Eles são opostos.

— Tanta certeza você tem. Tranquilizador isso é. Nunca tanta certeza eu tenho.

— Você pensa diferente? — Windu disse. Estava começando a parecer um debate com Qui-Gon, e nenhum dos dois realmente gostava disso.

— Eu penso que nada sinto. Qualquer coisa depois disso, eu não presumo.

Yoda esperou enquanto Windu considerava sua próxima pergunta. Não adiantava perguntar se Yoda estava com medo, porque ele apenas devolveria a pergunta, e Windu não gostava de se expor assim. Tudo que podia fazer era seguir suas lições, aquelas que recebera quando era garoto e quando era um Cavaleiro e Mestre no Templo. Ele precisava esquecer isso por enquanto. A Força lhe diria quando a hora chegasse, e ele não deveria se deixar distrair pelo comportamento de Yoda.

— Confio no seu julgamento, Mestre Yoda — ele disse, finalmente. — Sei que, se houver uma resposta, você a encontrará.

Yoda não respondeu. Em vez disso, fechou os olhos e buscou a calma da Força viva fluindo através dele. Após alguns minutos, sentiu Windu se levantar e deixá-lo sozinho com seus pensamentos, que era o seu lugar favorito.

A luz o cercava, a escuridão a uma distância confortável dos limites de sua percepção. Porém, havia algo; ou melhor, não havia nada. E isso o deixava completamente intrigado.

CAPÍTULO 10

A LUZ DO SOL entrando pelas janelas da sala do trono dava ao chão de mármore um brilho opalescente. O vidro fora tratado para lançar um arco-íris contra o teto quando a luz entrava por certos ângulos, e as cortinas tinham tons neutros para permitir a qualquer um na sala a apreciá-las totalmente. Ocasionalmente, as decorações na sala serviam como distração daquilo que acontecia lá dentro, mas hoje ninguém olhava para nada além da rainha.

Amidala estava vestida em tons púrpura. O vestido de baixo estava completamente coberto pelo veludo espesso da camada externa, exceto no colarinho, onde suaves cachos lavanda envolviam seu pescoço. Para o resto, ela podia ser uma estátua. O vestido tinha tantos bordados que pesavam a peça toda, em vez de usar truques ao redor das costuras para certificar que tudo ficasse no lugar. Uma faixa de um verde profundo completava o visual. O estilo era um pouco severo, o que se refletia na expressão estoica de Amidala, e a rainha estava coberta dos punhos até os calcanhares. O ornamento da cabeça era excepcionalmente simples, consistindo de uma peruca penteada com tranças enroladas em uma coroa, cada uma enfeitada com joias púrpura e verdes. Um pente prateado ficava preso na parte de trás da coroa de tranças, e um véu púrpura se pendurava atrás da cabeça.

Rabé e Eirtaé levaram quase uma hora para prender todos os alfinetes que o mantinham no lugar. Padmé estava quase com medo de mexer a cabeça.

A rainha Amidala havia pedido a presença do governador e de vários conselheiros. Nenhum deles recusou, naturalmente, embora ela não tivesse dado razão nenhuma para a reunião.

— Governador, representantes — começou a rainha Amidala. Não havia como confundir a voz agora. Tinha um tom mais grave e era um pouco irritante, mas definitivamente chamava a atenção. — Nós agradecemos a sua presença aqui hoje.

— É claro, Vossa Alteza — Bibble disse.

— Gostaríamos de informar que vamos organizar uma conferência no Palácio Real dentro de duas semanas — Amidala continuou. Já que aquilo era novidade para os convidados, todos pareceram um pouco surpresos.

— Uma conferência para quem? — a ministra do interior perguntou. Após um momento, ela acrescentou: — Vossa Alteza.

Amidala assentiu para mostrar que não tinha ficado ofendida.

— Para nossas contrapartes dos outros planetas no setor Chommell — ela disse.

Houve um longo silêncio depois.

— Vossa Alteza — Bibble interveio, com relutância. Ele parecia muito desconfortável. — É a única rainha no setor Chommell.

— Talvez você tenha entendido mal, governador — Amidala disse graciosamente. — Permita-me esclarecer: nós convidaremos os políticos daqueles planetas que servem como chefes de estado, independentemente dos títulos que tenham.

— Vossa Alteza — disse Graf Zapalo —, por quê?

— Chegou ao nosso conhecimento que nossas propostas comerciais não foram bem recebidas — Amidala respondeu. Aquilo era um eufemismo. Karlinus havia imediatamente respondido que eles não tinham nenhum excedente e Jafan sequer respondeu. — Nós queremos convidar nossas contrapartes aqui para que possamos discutir esses assuntos em pessoa e descobrir onde está o problema.

Eles não podiam simplesmente impedi-la. Podiam dificultar sua vida, razão pela qual estava se explicando a todos, mas eles não podiam impedir que a conferência acontecesse. Tudo que podiam fazer era deixar claro seu descontentamento e fazê-la se explicar em detalhes.

— Vossa Alteza — Bibble disse —, certamente a questão de um pouco de grãos não é tão importante para tomarmos medidas tão drásticas. Pode ser visto como um confronto.

Ela esperava que Bibble fosse seu maior aliado nesse assunto. Era de conhecimento geral que ele estava interessado em reabrir as relações interplanetárias, assim como ela. Mas, de repente, ela entendeu: ele estava deixando que ela convencesse os outros. Quando o governador parasse de protestar, eles não teriam mais nenhuma defesa.

— Não são apenas os grãos, governador — disse Amidala. — Quero conversar sobre todo o comércio e as relações entre os planetas de nosso sistema.

— É um objetivo grandioso — Bibble concedeu. — E que valeria muito a pena, eu diria.

— Capitão Panás. — Amidala se virou um pouco em sua direção. — Tem algo a dizer?

Não havia razão alguma para pedir que seu chefe de segurança fizesse algum comentário a essa altura. Panás não ocupava nenhum cargo legislativo e não tinha peso algum nas decisões da rainha quando se tratava de política. Mas Rabé havia sugerido que ele fosse perguntado em público e Sabé havia concordado. Ele não poderia discutir muito se houvesse testemunhas.

— Vai ser preciso organizar muitas coisas — ele disse lentamente. Ele sabia o que elas estavam tramando e eles poderiam discutir os detalhes práticos mais tarde, com menos testemunhas. — Além da segurança do palácio, seria necessário planejar todos os passeios em que Vossa Alteza levasse os visitantes.

— Vamos levar suas sugestões em consideração para qualquer coisa fora do palácio. — Era sua oferta de paz. — Você conhece melhor os desafios que podemos encarar.

Ela esperou para ver o que Panás faria. Ele tomou um momento e, então, mostrou que Rabé estava correta.

— Embora eu ache que a segurança da rainha não tenha nada a ver com a conferência diretamente — ele disse —, qualquer encontro no setor envolveria a segurança planetária, e isso afeta tanto a rainha quanto o resto de vocês. Não é uma posição abertamente defensiva, mas também não nos faz parecer vulneráveis.

— Obrigada, capitão — Amidala agradeceu. Ela se voltou para os conselheiros.

Eles pareciam desconfortáveis, mas não tinham mais argumentos. Ela havia vencido, então estava livre para ser generosa. Ela se esforçaria para que a conferência os incomodasse o mínimo possível.

— Vossa Alteza — Zapalo chamou. — Aguardaremos mais instruções sobre como podemos ajudar nesse assunto.

— Obrigada.

Bibble os lembrou de que havia uma votação legislativa à tarde e eles se retiraram em grupo. Pelo menos nenhum deles estava reclamando muito. Amidala esperou a sala esvaziar antes de se virar para Panás.

— Capitão.

— Não gostei disso — ele disse. — Mas entendo seus motivos.

— Obrigada por seu apoio. Desculpe por pegá-lo de surpresa junto com eles.

Ela podia jurar que ouviu um dos guardas segurando uma risada.

— Agradeço suas sugestões, capitão — ela continuou.

— Vou pensar em muitas, tenho certeza — concluiu Panás.

Padmé não duvidava daquilo nem por um segundo.

A lista de Panás não era tão longa quanto ela temia. A maior parte era senso comum. As portas blindadas que protegiam a sala do trono, por exemplo. Todas foram testadas, e quando uma delas se mostrou defeituosa, o mecanismo foi substituído. Uma vistoria do palácio e dos arredores foi conduzida para buscar pontos fracos no plano de Panás, e logo atrás dos guardas vinha um exército de droides de limpeza e jardineiros para ter certeza de que tudo estaria perfeito para os convidados.

Eles tiveram uma discussão sobre o trono em si.

— Você quer destruir uma antiguidade inestimável e plantar um blaster dentro? — Amidala exclamou.

O corredor na frente de sua suíte não era o melhor lugar para aquela discussão, mas Padmé ficou tão irritada quando leu aquele item na lista que invadiu o corredor para conversar com ele sobre aquela ideia. Padmé não ficou muito preocupada. Não era como se alguém naquele andar não soubesse de sua posição quanto a tomar armas de fogo.

— Não vou destruir nada — disse Panás. — Eu pediria a Eirtaé. Ela é sua engenheira, afinal de contas, e provavelmente gostaria do desafio.

Eirtaé passara quase o mês inteiro projetando o novo guarda-roupa da rainha para ser tão funcional quanto pomposo, e se a quantidade de rascunhos em sua mesa fosse alguma indicação, ela dificilmente estava entediada.

— E o blaster? — indagou Padmé.

— Será um modelo pequeno — afirmou Panás. — Apenas uma pequena célula de energia. E apenas para emergências. Se você vai receber dignitários estrangeiros, quero que fique preparada para o pior.

Padmé se recostou contra a janela e suspirou. Sanandrassa não havia recebido muitos visitantes estrangeiros na sala do trono e nenhum deles tinha sido violento. Certamente ninguém ficaria tão ofendido por dois anos de relativo silêncio da monarca de Naboo para que a atacassem em sua própria sala do trono. Mesmo assim, Panás geralmente estava aberto a mudar seus planos se elas conversassem com ele. Atrás de Panás, ela podia ver Sabé. Seu rosto estava cuidadosamente neutro.

— Não seria ruim expandir sua experiência com armas de fogo, Vossa Alteza — Sabé disse cuidadosamente. Parecia que estava concordando com Panás, mas não era exatamente isso.

Sempre que Padmé reclamava que se sentia encurralada pelas exigências de seus guardas, ou colegas, Rabé a lembrava que era mais fácil no longo prazo concordar agora e pressionar depois. Se deixassem Panás ter aquela vitória, então Eirtaé projetaria algo que Padmé aprovasse e Panás continuaria pensando que tinha vencido. Foi assim que Sabé a lembrou disso. Não era um código particularmente sutil, mas as palavras que usavam eram diferentes a cada vez e, até agora, vinha funcionando bem.

— E se houvesse dois blasters? — Padmé perguntou. Panás ficou claramente surpreso. — Quer dizer, se sou a única com um, não faz muito sentido. Se vamos armar uma pessoa, podemos então armar duas.

— Posso fazer funcionar com duas — Eirtaé disse.

— Gostei da ideia — falou Panás, e então ficou decidido.

— Muito bem, capitão — concluiu Padmé. — Eirtaé vai apresentar o projeto depois de amanhã. Tem mais alguma coisa que precisa ser feita ainda esta noite?

— Não, Vossa Alteza — Panás respondeu. — Obrigado.

Padmé voltou para a suíte e afundou em uma poltrona na sala de estar quando a porta se fechou.

— Mesmo se nunca usarmos, sempre saberei que está lá — disse Padmé. — Sempre saberei que achamos que podemos ter medo de nossos vizinhos.

— Você será a única que poderá abrir — Eirtaé prometeu. Ao menos isso já seria algo de bom. Ninguém iria sacar os blasters sem motivo. — E vou me certificar de não arruinar o trono.

— Obrigada — Padmé respondeu, secamente. Ela deixou Yané e Saché retirarem o ornamento da sua cabeça, agora que haviam se recolhido para dormir, e aceitou o lenço de Rabé para limpar a maquiagem.

— Os conselheiros estão fazendo sua parte — Saché relatou quando voltou da sala de vestir. — Vários deles foram perguntados sobre a conferência depois da sessão legislativa e todos conseguiram responder sem parecer que desaprovavam.

— Bom, existe uma razão para Bibble continuar sendo eleito — Rabé comentou.

Ficaram observando Eirtaé rascunhar o compartimento dos blasters e ouvindo enquanto ela falava sobre seus planos até Sabé começar a questioná-la, e a conversa se tornou sarcástica.

— Espere eu construir um protótipo antes de achar defeito em tudo — Eirtaé finalmente disse. — Você não está entendendo e, honestamente, estou começando a achar que faz isso de propósito.

Sabé abriu a boca para responder, mas fechou com firmeza quando viu a expressão de Padmé.

— Você consegue arrombar trancas não mecânicas, Rabé? — ela acabou perguntando. Todas suspiraram de alívio.

— Bom, seria mais parecido com hackear do que arrombar — Rabé disse. — Mas, sim, é claro que consigo.

Havia trancas não mecânicas em várias caixas de joias de Amidala, então Rabé e Yané foram buscá-las na sala de vestir e todas se alternaram tentando abri-las sem destruir a caixa.

— Pelo menos não precisamos pedir a Panás que consiga essas caixas — Saché disse, rindo com alegria quando finalmente conseguiu abrir uma tranca sozinha.

— Sim, imagino que ele faria algumas perguntas — Rabé concordou. — Agora tente abrir em menos de dois minutos.

Levou mais uma hora até conseguirem abrir em tempo compatível com as expectativas de Rabé e, nesse ponto, Eirtaé já tinha quase terminado de construir um modelo em escala do trono, com as modificações que ela queria acrescentar ao trono real. Sabé testou o problema que havia pensado ter identificado e descobriu que ele não existia.

— Você mudou o projeto — ela disse.

— É claro que mudei — Eirtaé confirmou. — Só porque ainda acho que não seria um ponto fraco não significa que vou deixar passar.

— Você podia ter falado isso antes! — Sabé exclamou.

— E perder a expressão no seu rosto agora? De jeito nenhum.

— É por isso que Panás acha que envelheceu dez anos desde a eleição — Saché disse. — Exatamente por isso.

— Então, um brinde aos próximos dez anos — emendou Eirtaé, erguendo sua xícara de chá.

— E aos dez depois disso — Sabé concluiu.

DISTRAÇÃO

EIRTAMA HAVIA PLANEJADO MINUCIOSAMENTE cada parte do dia e não era de jeito nenhum *culpa dela que tudo dera errado. Ela construíra uma plataforma flutuante baseada em um projeto próprio, que tinha criado como homenagem (não, ela não havia* roubado *nada) a um objeto de cena da primeira ópera em que a ex-rainha Réillata havia atuado depois de deixar o cargo. Tinha um orçamento muito menor, é claro, e tivera de fazer tudo sozinha porque seus pais a tinham enviado para uma oficina para* atores, *o que era bem diferente de uma oficina para objetos de cena, como havia pedido originalmente.*

Seus pais eram ótimos em quase *entender tudo.*

A ópera era uma peça levemente atualizada sobre os últimos dias dos conflitos entre humanos e Gungans, o tipo de peça que os mais velhos gostavam porque fazia com que se sentissem seguros, o que por sua vez os deixava dispostos a doar dinheiro para peças produzidas por estudantes, que universalmente a odiavam. A plataforma foi usada para representar um monstro aquático sando, cujas costas o personagem principal subia para tentar motivar a pequena força naval de Naboo. Eirtama havia projetado os repulsores para acomodarem quatro pessoas. Ela tinha sido muito clara quanto à restrição de peso. E foi totalmente ignorada.

Quando a quarta soprano subiu, a plataforma balançou de um jeito um pouco alarmante. Mas aguentou. Na plateia, Eirtama havia relaxado. Aquilo seria incrível. Certamente alguém passaria tempo suficiente olhando para as cantoras para notar que a plataforma onde estavam de pé era uma obra de arte.

A quinta soprano entrou pela lateral e começou a subir.

— Ah, não — Eirtama disse. A velha senhora ao seu lado pediu silêncio com veemência.

A música começou, o som preenchendo a sala de concertos enquanto a plateia se preparava para ser transportada a um tempo icônico na história de Naboo que absolutamente não tinha acontecido. A plataforma balançou de novo.

— Não — Eirtama disse ainda mais alto.

A velha senhora reclamou de novo, dessa vez com uma cotovelada nas costelas. Eirtama tinha certeza de que era alguma parente do tenor principal. Ele era igualmente intolerável.

— Não, você não está entendendo — Eirtama tentou explicar. — A plataforma não foi...

Antes que a senhora pudesse reclamar pela terceira vez, ou machucá-la usando o cotovelo, o zumbido alto de um motivador superaquecido se sobrepôs ao som da orquestra. Uma das sopranos atingiu uma nota muito, muito acima do que a partitura pedia quando a plataforma começou a se mover descontroladamente pelo palco, derrubando uma das cantoras.

Se aquilo fosse tudo o que tinha acontecido, Eirtama teria chamado de vitória. Sopranos eram geralmente insuportáveis. Mas ela sabia que seria pior. Os sensores sob a plataforma detectaram a soprano que havia caído e o dispositivo de emergência desativou os repulsores, iniciando o único protocolo de segurança que o orçamento de Eirtama permitia.

— Cuidado! — ela gritou, porque não conseguia pensar em nada mais para dizer. Não era como se se abaixar fosse ajudar muita coisa.

Com o som de uma colisão de metais e mais gritos, a plataforma pendeu para trás na parede traseira do teatro, o único lugar garantido para estar vazio. As outras quatro sopranos foram indecorosamente derrubadas. Ajudantes de palco, cuja maioria se considerava atores e, portanto, cumpriam essa função com muita indiferença, foram rápidos para chegar até as cantoras, mas uma vez lá, ninguém sabia o que fazer.

Um homem de pele escura e ombros largos abriu caminho até a frente da multidão. Ele juntou as mãos ao redor da boca, com muita pressa para identificar os pontos acústicos do palco.

— Acalmem-se todos! — ele gritou. — Sou um profissional treinado e já chamei ajuda. Por favor, retirem-se do auditório de maneira ordenada. Se você é parente de um dos feridos, por favor, apresente-se para que os médicos possam identificá-lo quando chegarem.

Todos seguiram as instruções precisamente. Exceto Eirtama, que seguiu até a frente, mesmo não sendo parente de ninguém.

— O que está fazendo? — Ele a pegou pelo colarinho quando ela tentava passar por todo mundo. Seus cabelos loiros se derramaram ao redor dos dedos do segurança e ela tentou se soltar.

— Eu construí — ela disse. — Eu construí e fui muito clara quando falei que apenas quatro pessoas podiam subir, não vou deixar ninguém dizer que foi culpa minha.

Ele a soltou e ela ajeitou sua túnica.

— Hum, elas estão bem? — Eirtama perguntou. As pessoas provavelmente pensariam que ela havia se tornado amiga do pessoal com quem vinha trabalhando por semanas naquela famosa, embora um pouco problemática, ópera.

— Elas ficarão bem — ele disse. — Talvez um calcanhar torcido ou dois, mas ninguém quebrou nada.

— Exceto minha plataforma flutuante — Eirtama resmungou, depois pensou melhor. — Quer dizer, que bom saber disso.

— Não há problema algum em ficar irritada quando alguém quebra algo que você construiu porque não seguiu suas instruções — ele disse a ela. — Acho que você está lidando muito bem com isso.

Os médicos chegaram e Eirtama saiu do auditório seguindo a multidão. Agora ela estava relativamente certa de que ninguém a culparia pela catástrofe. Ela voltou ao dormitório e leu até cair no sono.

Na manhã seguinte, ninguém sabia exatamente o que fazer. Eles deveriam desmontar o palco, agora que a grande produção havia acabado, mas o cenário havia literalmente se desmontado. Então ficaram à toa em uma das áreas verdes do lado de fora do auditório, esperando instruções. Ninguém esperou com Eirtama. Ela não se importava.

— Eirtama Ballory — uma voz familiar chamou.

Ela ergueu os olhos, e ao lado do diretor estava o homem da noite passada, aquele que havia chamado o socorro e mantido a calma de todos na sala. Aquele que havia acreditado nela. Um silêncio tomou conta do jardim. Eirtama se apresentou. Ela tinha certeza de que ele havia acreditado nela. Ele até tinha dito que ela estava lidando bem com aquilo. Ninguém nunca *lhe dizia que estava lidando bem com alguma coisa. Ela sempre reagia com exagero.*

— Nós nos encontramos brevemente na noite passada — ele a lembrou.

— Ah, sim — ela disse. — O oficial de segurança.

O rosto dele tremeu discretamente.

— Fiquei muito impressionado com a maneira como você lidou com tudo, mas não tive chance de me apresentar — ele continuou. Seu último pingo de preocupação evaporou. — Meu nome é Quarsh Panás.

CAPÍTULO 11

A GOVERNADORA DE KARLINUS foi a primeira a chegar. Amidala a recebeu na plataforma de aterrissagem como sinal de boas-vindas e respeito. O governador Bibble ficou ao seu lado, como já havia feito antes. Ela fora eleita apenas recentemente e Padmé esperava que não estivesse tão irritada com as recentes políticas de Naboo quanto o resto de seu governo aparentava. No passado, o movimento de pessoas entre Naboo e Karlinus era bastante comum: Karlinus era um bom lugar para artistas fazerem dinheiro trabalhando com as colheitas de seda e chá, e Naboo era um bom lugar para montar um estúdio quando um artista já havia se estabelecido um pouco.

— Governadora Kelma — Amidala disse assim que ela alcançou o fim da rampa. — Bem-vinda a Naboo. Estamos muito felizes por você poder estar aqui.

Kelma estendeu a mão e Amidala a tomou imediatamente. Ela podia imaginar a expressão no rosto de Panás, mas a rainha tinha avisado que faria todo o possível para que seus convidados se sentissem em casa e, se isso incluísse apertos de mão, então era o que faria.

— Foi um convite surpreendente — Kelma disse. Seus olhos escuros cintilavam com divertimento e sua pele marrom brilhava sob o sol de Naboo. — Fiquei mais do que um pouco curiosa.

— Espero que possamos satisfazer essa curiosidade — Bibble respondeu, magnanimamente. Ele ofereceu o braço e conversou com ela enquanto voltavam para o palácio.

Os olhos de Kelma observavam cada detalhe. Ela não estivera em Naboo antes, o que não era um traço incomum aos convidados, e parecia determinada a aproveitar ao máximo. Ela usava um vestido simples de viagem: calças largas sob uma túnica, tudo com tecidos combinando. Era simples, elegante e infinitamente mais confortável do que o vestido de Padmé. Ela ficou com um pouco de inveja. E também ficou com inveja de a governadora não precisar usar uma peruca. Seu cabelo era espesso e crespo, o que deixava seu rosto ainda mais adorável.

Karlinus foi o único planeta cuja delegação Padmé recebeu na plataforma de aterrissagem. Ficou preocupada de isso parecer desprezo, mas Bibble a assegurou de que os outros planetas entenderiam que ela não poderia correr de plataforma em plataforma o dia todo. E, de qualquer modo, vários deles foram ligeiramente rudes em suas respostas, o que significava que Padmé podia ser um pouco distante até eles mudarem de atitude quando a conhecessem em pessoa.

O setor Chommell tinha mais de trinta planetas e milhares de assentamentos dependentes. Padmé convidou todos os governos principais, mas a maioria recusou o convite. Alguns escolheram participar via holoprojeção e outros concordaram em participar pessoalmente. Padmé esperava que o comparecimento fosse maior, mas Bibble parecia satisfeito com os números.

— Esses planetas representam nossos aliados e nossos detratores — ele apontara quando obtiveram a lista final. — Receber todos no mesmo lugar é um bom primeiro passo.

Jafan e Kreeling chegaram juntos. Os dois planetas não ficavam no mesmo sistema, então Padmé só podia enxergar isso como algum tipo de mensagem. Diferente de Kelma, que viera pessoalmente junto com três assessores, os diretores planetários enviaram embaixadores que consideravam combinar com a própria Padmé. Especificamente, seus próprios filhos. Padmé não ficou nem um pouco insultada, embora tivesse quase certeza de que essa era a intenção. Lidar com adultos podia ser exaustivo.

— Meu nome é Harli Jafan — apresentou-se uma garota humanoide alta e careca de pele azul-clara e delicados dedos aquáticos. — Meu pai é o diretor planetário.

— E eu sou Tobruna — disse um garoto humano baixinho de cabelos ruivos e olhos castanhos. — Minha mãe é encarregada das refinarias de Kreeling, o que mais ou menos nos deixa encarregados do planeta.

Padmé já sabia de tudo isso, mas eles precisavam começar em algum lugar. Jafan era uma colônia relativamente nova. Eles chegaram ao setor havia trezentos anos e ainda eram governados pela família que estabelecera a colônia. Kreeling era um mundo minerador. Ganhava-se muito dinheiro exportando minério refinado, então também havia muitas refinarias lá. Rumores circulavam de que os métodos usados para manter a ordem naquelas refinarias não eram nada democráticos, mas Padmé não podia deixar o preconceito afetar sua percepção dos representantes.

— Bem-vindos a Naboo — ela disse.

Padmé repetiu a saudação uma hora depois para o representante de Behpour, um cavalheiro idoso de pele negra e olhos castanhos travessos, que parecia ser muito amigo de Bibble, e depois uma última vez para a representante de Chommell Menor, uma mulher da mesma idade da mãe de Padmé, que parecia profundamente interessada na conferência para a qual ela cruzara o setor.

Com o passar da tarde, Padmé recebeu meia dúzia de outros representantes, trazendo o número total para doze, incluindo a si mesma. Mariek Panás, como a guarda de maior patente na ala diplomática, estava encarregada da segurança das delegações. Os funcionários do palácio foram avisados das necessidades dos representantes não humanos. Havia algo na atmosfera Kreelingi que afetava permanentemente a visão humana, Padmé se lembrou de repente. Tinha certeza de que sua equipe havia se preparado e feito os arranjos necessários, mas também sabia que precisaria confirmar pessoalmente, ou ficaria com isso na cabeça.

Padmé queria relaxar quando o último representante se retirou para seus aposentos na ala diplomática, mas manteve sua dignidade e deixou-se levar para ser preparada para o jantar oficial.

— Foi você quem pediu por isso — disse Panás.

— Estou ciente — Padmé respondeu.

Ele não insistiu.

As damas de companhia tinham duas horas para se preparar para o jantar oficial e Rabé pretendia usar todo esse tempo. Primeiro, todas tomaram banho no banheiro real. Geralmente elas se demoravam lá — era um dos poucos lugares onde nunca precisavam se preocupar com a política —, mas hoje elas estavam em uma missão.

Yané havia preparado roupões para que todas vestissem quando estivessem secas e, quando seguiram para a sala de vestir, ela passou túnicas verde-claras para todas, menos Padmé. A rainha foi instruída a se sentar e não se mover até receber permissão, e Padmé obedeceu com uma risada.

— Isso significa o seu rosto também — Rabé disse, chegando mais perto com base e um pincel. — Não quero errar por causa da sua risada.

Padmé riu mais forte, mas controlou sua expressão quando Rabé começou a parecer exasperada. Ela fechou os olhos e deixou a mestra do guarda-roupa fazer seu trabalho.

Yané estava trançando o cabelo de todas para que pudessem prendê-lo debaixo dos capuzes. Quando terminou, Rabé já havia terminado o rosto da rainha, exceto pelas marcas vermelhas, então foi se vestir enquanto Yané tomava seu lugar. Ela trançou o cabelo de Padmé com firmeza e prendeu tudo no topo da cabeça. Então cobriu as presilhas com uma camada de gel que impediria que elas — e a peruca — coçassem. Ela posicionou o ornamento de cabeça com cuidado, checando frequentemente para ter certeza de que tudo estava alinhado antes de dar um último empurrão para baixo para prendê-lo firmemente contra o gel. Era um visual tradicional para aquela noite: um largo arco de cabelo que combinava com a cor natural de Amidala e várias longas tranças nas costas.

Eirtaé e Saché tinham terminado de preparar o vestido. Era uma das criações de Eirtaé e podia ser vestido simplesmente pisando nele. Isso facilitou tudo para o cabelo e a maquiagem, e Eirtaé havia resmungado por uma semana dizendo que era ridículo ter levado *tanto tempo* para que isso fosse normal. O vestido tinha um tom profundo de rosa em um estilo menos rígido que o das roupas da corte de Amidala. Havia babados de verdade, o que deixava o movimento nele muito mais divertido que o normal, e a linha do pescoço era menos conservadora do que seus vestidos habituais.

Padmé pisou no vestido e esperou pacientemente enquanto elas o posicionavam. Eirtaé deu a volta atrás dela e ativou as camadas internas para que selassem ao redor de seu corpo. Padmé aprendera rápido a não soltar o ar enquanto isso acontecia.

— Trapaceira — Eirtaé provocou-a, enquanto fechava as últimas presilhas e depois apertava a costura nas costas para fechar de vez, tornando-a praticamente invisível.

Sabé vinha trabalhando na maquiagem das outras. Era outro truque em que Rabé havia pensado. Quando elas maquiavam Amidala, também maquiavam as damas de companhia para que ficassem o mais parecidas possível. Só era viável quando havia capuzes envolvidos, ou então Eirtaé seria uma óbvia diferença; mas, fora isso, funcionava muito bem. Padmé havia passado na frente de Panás três vezes antes de ser identificada.

Após vários minutos de pequenos ajustes, Rabé e Yané anunciaram que todas estavam prontas, então elas saíram para a sala de jantar. As damas de companhia teriam um lugar à mesa dessa vez, intercaladas com vários representantes governamentais. Era uma mostra de confiança deliberada da parte de Padmé. Ela estava dando a seus convidados a oportunidade de descobrir algo muito importante a seu respeito. A única questão era quem faria a conexão intuitiva e o que faria com essa informação. Se fosse completamente honesta, Padmé diria que mal podia esperar para descobrir quem seria.

O primeiro jantar oficial da rainha Amidala depois de eleita para o trono foi, em todos os sentidos, um sucesso. Ela havia considerado o cardápio cuidadosamente, certificando-se de destacar as iguarias de Naboo sem sobrecarregar seus convidados com muito peixe. Embora fosse uma proteína básica em Naboo, os outros planetas no setor não sustentavam muita vida aquática e ela sabia que a textura podia ser estranha. O arranjo dos lugares foi ajustado de última hora para deixar Bibble perto de Olan Carrus de Behpour, quando a amizade deles ficou aparente. Embora isso tivesse deixado Carrus perto do pé da mesa, ele pareceu apreciar o gesto. Padmé sentou-se na cabeceira com a governadora Kelma de um lado e Nitsa Tulin, a representante de Chommell Menor, do outro.

Os outros representantes alternavam com as damas de companhia aparentemente de forma aleatória, mas não foi por acidente que Saché tomou um lugar com uma clara visão do rosto de Tobruna e Tulin. Padmé confiava muito em suas observações. Sabé ficou ao lado de Harli, que acabou sendo muito mais social do que elas pensavam. Com o passar do tempo, foi Harli quem manteve a conversa, passando sem esforço de assunto em assunto. Foi maravilhoso de ver e tirou um grande peso dos ombros de Padmé, pois ela não sabia se Amidala seria uma boa anfitriã.

— ... e então o rebanho inteiro se virou e estavam apenas eu e meus primos idiotas em seu caminho — Harli disse, contando uma história sobre a migração anual dos silpaths em Jafan.

— O que você fez? — Sabé perguntou, fascinada.

— Bom, tinha uma árvore — Harli disse. — Então fiz meus primos subirem o mais rápido possível antes de eu subir também. Não era bem uma árvore. Juro, alguns dos silpaths tinham chifres mais altos, mas pelo menos não estávamos no chão com seus cascos.

Carrus fez uma pergunta sobre a quantidade de um rebanho e como isso afetava a dieta em Jafan, o que foi ótimo para distrair a todos quando seguiram para a varanda, enquanto a sobremesa era servida, para espairecer e apreciar a luz aquática que Padmé havia encomendado.

Com o passar da noite, enquanto Bibble contava sobre suas aventuras em todos os seus planetas, Padmé não ficou tão distraída a ponto de não notar Harli flertando descaradamente com Sabé. O que a surpreendeu foi o quanto Sabé flertou *de volta*. Nada inapropriado, é claro, e era possível que os adultos pensassem que elas estavam apenas se conhecendo discretamente, enquanto os demais conversavam sobre algo entediante, mas Padmé enxergava a verdade. Ela não tinha certeza se Sabé estava explorando uma vantagem ou se havia uma atração genuína, e não sabia como poderia descobrir sem fazer a pergunta parecer uma ordem superior. Seu relacionamento com suas damas de companhia estava progredindo muito *bem*. Ela não tinha antecipado isso.

Quando os pratos estavam sendo retirados, Sabé chamou sua atenção. Ela não deixou transparecer nada, seu rosto tão neutro quanto se estivesse na orquestra, e Padmé retornou o favor não colocando em seus olhos uma pergunta que ela não sabia se deveria fazer. Então Harli disse algo e Sabé chegou mais perto para ouvir, e o momento acabou. Tobruna arrastou Padmé para uma discussão sobre grav-bol com uma entusiasmada Eirtaé.

Finalmente, era hora de se despedir de todos. Eles se reuniriam pela manhã do dia seguinte para começar as discussões de verdade, e Padmé mal podia esperar.

— Bom — Sabé disse quando tudo já estava guardado e elas estavam todas confortáveis em suas camas. — Isso vai ser mais interessante do que eu pensava.

CAPÍTULO 12

— SEI QUE NÃO poderemos convencer a todos no setor depois de um único encontro de reuniões — Amidala disse, ao final de seu discurso de boas-vindas. A suave luz da sala do trono cintilava nas lantejoulas azuis e verdes de seu vestido, mas isso e as joias em seu ornamento da cabeça eram os únicos enfeites. — Mesmo assim, espero que possamos encontrar um lugar para começar.

Quando a governadora Kelma se levantou para dar uma resposta em nome dos convidados, Saché observou a sala do trono. Embora Naboo fosse tecnicamente o planeta principal no setor e o único que elegia uma rainha, naquele dia Amidala se sentava em uma cadeira igual à de todo mundo, e o gesto não passou despercebido. Nitsa Tulin ainda parecia entediada e mal prestava atenção, mas tanto Harli quanto Tobruna estavam visivelmente satisfeitos por ver Amidala sentando-se no mesmo nível deles. A única pessoa contrariada era o capitão Panás. Havia o pequeno fato de que dois blasters estavam escondidos no descanso de braço do trono de Naboo. Enquanto isso, o trono em si ficava na antessala, esperando que Padmé o requisitasse de novo.

— Desculpe, capitão — Amidala disse quando ele a confrontara sobre isso. — Não fiz de propósito, juro. Havia tantas outras coisas para organizar e as cadeiras pareciam uma boa ideia. Esqueci completamente dos blasters.

Panás olhou feio para Eirtaé, que definitivamente não esquecera.

— Por favor, não faça isso de novo — foi tudo o que ele disse.

— Não farei — a rainha prometeu.

A agenda do primeiro dia foi decidida muito antes da chegada dos representantes, e era a mais simples possível. Eles se reuniram no meio da manhã para permitir aos dois representantes com hiper-lag um tempo para se adaptarem e, depois do discurso de boas-vindas, cada pessoa teria alguns minutos para abordar os problemas específicos de seus planetas. O governador Bibble não esperava surpresa alguma, mas nenhuma das damas de companhia — que observavam de seus lugares atrás do círculo de cadeiras — estava tão indiferente. Harli começou a rodada de discursos.

— Vossa Alteza, prezados representantes, observadores — esse último foi direcionado especificamente para Sabé, que corou e abaixou a cabeça para que o capuz escondesse mais o rosto —, o planeta Jafan esteve sozinho por quase três séculos. Sabemos que ainda não somos tão bem estabelecidos quanto Naboo, mas certamente temos nossa própria cultura e tradições. Vossa Alteza sabia que existem mais de três mil cidadãos de Jafan em Naboo agora mesmo, excluindo os presentes? — Padmé sabia, mas entendia o motivo de Harli dizer em voz alta. — Além disso, quase todos são artistas. Nós transbordamos cultura, meus amigos, e tudo acaba vindo para cá.

Harli continuou, dando detalhes sobre a demografia e as disciplinas dos artistas que estavam deixando o planeta. O problema não era que Jafan não tinha interesse em sua própria cultura, mas que Naboo tinha interesses semelhantes, assim como mais consumidores em potencial. Era, simplesmente, mais lucrativo ser um artista de Jafan em Naboo do que em seu próprio planeta.

— Por favor, corrija-me se eu estiver errada — Amidala disse quando Harli voltou a se sentar. — Mas parece que isso é uma questão de acessibilidade e comércio. Se pudermos facilitar a mobilidade de pessoas e obras de arte entre planetas, isso ajudaria?

— Seria um começo — Harli disse. — Infelizmente, a maior parte das obras de arte de Jafan não são exatamente portáteis.

Padmé se lembrou de algo sobre raspas de giz em encostas de morros e vastas estruturas rochosas que podiam ser vistas da órbita. Proprietários de terras poderiam encomendar as obras, então os artistas de Jafan podiam incorporar a paisagem para criar peças de grande impacto.

— É claro — ela disse. — Perdão. Talvez algum tipo de programa de intercâmbio?

— Você mesma falou que não podemos consertar tudo hoje — disse Harli. — E não espero que você consiga. Além dos aspectos práticos, existe uma boa dose de preconceito entre nossos planetas, e todas as trocas culturais no quadrante não vão conseguir mudar isso para certas pessoas.

— Acha que, se nos tornarmos parceiros comerciais regulares para, digamos, grãos e afins, nossos povos se acostumariam com a ideia de trabalharmos juntos? — Bibble perguntou.

Padmé se esforçou para não estremecer. Para um político de carreira, às vezes Bibble podia ser incrivelmente pouco sutil. Era uma grande parte de seu charme e a razão para tantas pessoas confiarem nele, mas isso ainda a surpreendia de vez em quando.

— Boa jogada, governador — Harli disse, com um sorriso no rosto. — Acho que caí direitinho nessa. É possível. Mas não sei se seria fácil convencer o diretor a ceder comida. Já se passaram trezentos anos, mas ainda mantemos um estoque de suprimentos muito apertado.

O espaço foi aberto para o próximo representante e as conversas continuaram. Nitsa Tulin passou sua vez de falar, e Olan Carrus disse que não tinha nada a acrescentar. A população de seu planeta era pequena, ele admitiu, e a razão de estar ali era dar um relato preciso do que havia acontecido na conferência. Padmé aceitou aquilo com serenidade, e então chegou a vez de Tobruna.

— Temo que os problemas de Kreeling sejam de uma natureza um pouco mais séria — ele começou. — Embora entendamos que o setor seja famoso por sua arte acima de tudo, somos nós os encarregados da produção de uma matéria-prima fundamental. Um tratado ultrapassado requer de nós que vendamos primeiro a Naboo e aos outros planetas do setor a um preço fixo, o que significa que eles sempre recebem o minério de alta qualidade a um preço abaixo do mercado. Quando nossos comerciantes são autorizados a sair pela galáxia, resta para eles apenas o material inferior.

Todos precisavam ter muito cuidado com suas respostas àquela colocação. Uma coisa era prometer apoio para uma comunidade de artistas e outra era falar rapidamente sobre a principal fonte econômica de um planeta, mesmo naquele estágio inicial em que ninguém fazia nenhuma promessa oficial.

— Entendo a hesitação de Vossa Alteza — Tobruna disse. — Nós assistimos à cobertura das eleições e sabemos que você se orgulha de sua compaixão. Sei que gostaria de oferecer imediatamente a solução mais fácil e não vou pressioná-la a fazer qualquer proposta comercial hoje, ou mesmo amanhã.

— Nós agradecemos a sua compreensão e sua generosa avaliação de nosso caráter — disse ela. — Você está correto. Agradecemos o tempo para considerarmos nossa resposta.

Tobruna fez uma reverência e se sentou. Isso deu a Padmé mais alguns momentos para pensar no que iria dizer.

— Naboo é o seu mercado principal? — ela perguntou. — E nós requeremos todo o seu minério de alta qualidade?

— Vocês são — confirmou Tobruna.

— Usamos o minério na construção de naves — Bibble disse, consultando suas anotações. — A maior parte, pelo menos. O resto vai para a manufatura de instrumentos musicais.

— E isso requer alta qualidade? — Amidala perguntou.

Ninguém sabia, então Padmé arriscou olhar para Sabé. Elas fizeram contato visual e Sabé discretamente negou com a cabeça.

— Uma de minhas acompanhantes é uma habilidosa instrumentista que toca hallikset — Amidala disse. — Sabé, você pode nos dizer?

— Vossa Alteza. — Sabé dobrou os joelhos levemente. Era a primeira vez que Padmé pedia conselho a uma dama de companhia quando estavam na presença de outras pessoas. — Pela minha experiência, o minério de alta qualidade não é necessário. O brilho do metal é desejado, mas não obrigatório.

Yané tossiu discretamente e ajustou o capuz sobre o rosto antes de retornar a mão para a lateral do corpo. Padmé se lembrou de que, em questão de dias após as damas de companhia aparecerem na corte com a cabeça coberta, o estilo delas de se vestir se tornara moda em todo o planeta.

— Isso pode não ser tão difícil de mudar — Amidala disse. — Principalmente se convencermos novos músicos de que um instrumento com menos brilho é favorecido pelo palácio.

Tobruna sorriu.

— Eu não teria pensado nisso — ele disse. — Estou ansioso para ver suas soluções quanto à questão dos preços, se serão tão criativas assim.

— É apenas uma posição preliminar, claro — complementou Amidala. — Mas todos precisamos começar em algum lugar.

A governadora Kelma tinha o último discurso da manhã.

— Sei que Naboo está encarando sua própria falta de mão de obra — ela começou —, mas Karlinus está passando por uma dificuldade semelhante. Temos muitas pessoas vindo para fazer o trabalho normal de um ano inteiro, mas são os empregos sazonais que estão sofrendo. Eles pagam o mesmo, mas é difícil convencer alguém a se mudar se você não puder prometer um trabalho regular.

— As pessoas de Naboo que queremos contratar são aquelas de quem Vossa Alteza não sentiria falta — Kelma continuou. — São os jovens estudantes que acabaram de sair da escola e que ainda não decidiram se vão querer ser aprendizes ou a que ofício querem se dedicar. E eles seriam úteis para nós. Seriam bem pagos e, quando retornassem, seriam capazes de se estabelecer de qualquer modo que desejassem.

— Minha mãe fez isso em Karlinus — Padmé comentou. Na verdade tinha sido Sola, sua irmã, mas tão poucos estudantes faziam essa viagem agora que, se ela especificasse alguma pessoa jovem, alguém poderia descobrir quem ela era. — Ela sempre fala muito bem da experiência. Sei que era uma boa tradição e espero que possamos ressuscitá-la.

— Se for possível — Kelma disse —, então poderemos conversar sobre grãos.

Padmé assentiu e Bibble tomou aquilo como sua deixa para encerrar a reunião. Como suspeitava, eles resolveram quase nada, mas ao menos estavam conversando, o que era o começo que ela esperava conseguir.

— Foi incrível testemunhar, senador. — Panás não estava esperando uma ligação de Palpatine, mas, quando o senador o surpreendeu, no começo da noite do primeiro dia da conferência, ele ficou mais do que satisfeito em atender. — Vê-la falando com os outros e realmente ouvindo. E fazendo progresso! Mesmo sendo apenas o começo da reparação das relações. Até suas damas de companhia ofereceram conselhos.

— Que conquista incrível — Palpatine disse. — Espero que ela não tenha sido dramática demais e prometido direito ao voto na próxima eleição.

Panás riu.

— Sabe, sinto que ela respeita demais a soberania deles para fazer isso. Foi o que a fez tão eficaz, eu acho. Hoje ela não foi a rainha. Ela foi simplesmente a anfitriã.

— Um setor Chommell unido seria uma força formidável — Palpatine comentou. — Existem várias coisas que eu mesmo gostaria de fazer, mas temo que minhas mãos estejam cheias demais, representando o setor longe de casa.

— Se a rainha conseguir o que deseja, você não precisará esperar muito — disse Panás. Ele percebeu que estava falando sobre a conferência por um longo tempo e que Palpatine era uma pessoa ocupada. — Desculpe, senador. Ligou por alguma razão específica?

— Na verdade, não — respondeu Palpatine. — Só estou tomando um momento para checar com um velho amigo. Mas fiquei feliz por ter ligado para você. Tão inesperadas e emocionantes são essas notícias de casa.

Panás bocejou, sem conseguir esconder por trás de sua luva. Ele havia chamado guardas a mais, mesmo assim ficara acordado pela maior parte do tempo desde a chegada dos representantes.

— Não quero atrapalhar o seu descanso, capitão — Palpatine disse. — Estou feliz por tudo estar indo bem.

— Obrigado, senador — agradeceu Panás, e Palpatine encerrou a ligação.

Darth Sidious considerou suas opções. Os eventos no setor Chommell eram completamente inesperados. Ele não pensava que a rainha Amidala poderia conseguir esse tipo de realização no curto período desde sua eleição. Seria a última vez que ele a subestimava. Mesmo se ela conseguisse unir o sistema, ele ainda poderia usar isso para sua vantagem. Comerciantes de minério e caçadores de silpath não eram um desafio maior para o lado sombrio do que a própria Amidala. Mas ele teria de mudar sua linha do tempo. Chega de perder tempo no plenário do senado esperando que projetos de lei fossem aprovados. Ele moveria as peças diretamente e, se isso lhe custasse algumas peças do tabuleiro, bom, ele tinha muitas outras de onde essas tinham vindo. Era hora de a Federação de Comércio parar com seus exercícios militares, mover sua força invasora para fora dos confins de Geonosis e começar a trabalhar.

CAPÍTULO 13

Sabé não retornou para a suíte com a rainha quando deixou a sala do trono, no segundo dia da conferência. Não havia um jantar formal naquela noite, então ninguém precisava se preparar para nada. Padmé estava ansiosa para uma noite sossegada em sua sala de estar, discutindo as impressões sobre as conversas do dia. A ausência de Sabé não a impediu de se vestir com uma túnica mais confortável, ao estilo das damas de companhia e se acomodar para seu chá, mas Padmé rapidamente descobriu que sentia sua falta. As outras tentaram distraí-la.

Demorou quase meia hora até Sabé entrar. Ela estava um pouco sem fôlego, como se tivesse andado rapidamente para voltar ao quarto. Ou talvez por alguma outra razão, mas isso não era da conta de Padmé.

— Você se perdeu nos corredores? — Rabé perguntou docemente.

— Cala a boca — repreendeu Sabé. Ela olhou para Padmé em busca de apoio, mas Padmé se recusou a olhar de volta.

— Que bom que você cuida tanto das *relações* — Eirtaé disse. Yané ficou corada e Saché pareceu desconfortável. Ela vinha enfrentando uma dor de barriga o dia todo e não estava nem um pouco de bom humor.

— É bom vocês serem legais comigo — Sabé disse. — Tenho uma oportunidade para nós.

Isso ganhou a atenção de todas.

— Afeto Neurotransmissor está passando no Theed Odeon hoje — falou Sabé. — Um dos primos de Harli canta no coral com eles, então ela consegue nos fazer entrar.

Eirtaé soltou um som ininteligível de animação e Yané fechou a boca com a mão.

— Harli Jafan nos convidou para um concerto? — Padmé perguntou.

— Bom, mais ou menos — afirmou Sabé. — Ela convidou a mim. Não oficialmente. Mas disse que o resto de nós também poderia ir. Imagino que ela quis dizer as damas de companhia, não a rainha, mas não há motivo para que uma criada do palácio também não possa ir.

— Fora de questão — Padmé disse. — De jeito nenhum nós conseguiríamos passar pela porta, muito menos deixar o palácio.

— Não tenha tanta certeza — falou Rabé. — Ainda nem começamos a planejar. Aposto que conseguimos pensar em algo.

— E se houver uma emergência?

— Então nós lidamos com isso — Sabé disse a ela. — A menos que não queira ir. Seria bem mais fácil planejar sem você.

Isso acendeu um fogo no coração de Padmé.

— Eu definitivamente vou com vocês, se vocês forem.

— Eu ficarei aqui, se fizer alguma diferença — Saché disse. — Não estou me sentindo bem, de qualquer maneira, e nunca fui fã de lugares lotados e com som alto.

— Vamos trazer um souvenir para você — Sabé prometeu graciosamente. — Agora, sugestões?

Padmé ouviu enquanto elas planejavam, sentindo-se estranhamente desconectada. Sim, Afeto Neurotransmissor era incrivelmente popular, mas não havia motivo para ser tão imprudente e ir assistir em pessoa. A menos que Sabé de fato gostasse de Harli. Se fosse o caso, Sabé teria de manter segredo e isso certamente não seria divertido. A menos que acabasse gostando de Harli *mais*. Padmé se recusou a pensar nisso. Não havia razão para ter ciúme ou duvidar da lealdade de Sabé. Elas estavam simplesmente indo ver um concerto, como garotas normais. Uma noite. Elas conseguiriam planejar.

Rabé rejeitou quatro sugestões antes de elas pensarem em algo que fosse plausível. Sabé, Yané e Eirtaé iriam para o concerto com Harli, saindo às vistas dos guardas pela porta da frente do palácio. Elas não vestiriam as túnicas das damas de companhia, mas usariam as roupas mais discretas possível. Enquanto isso, Rabé e Padmé seguiriam para a biblioteca da rainha, supostamente para fazer uma pesquisa a pedido de Amidala. Os guardas não as incomodariam, e Rabé desceria Padmé com uma corda pela parede antes de descer ela mesma.

— E como vamos voltar? — Padmé perguntou. Não adiantava nada uma viagem só de ida.

— Vou escalar a parede e depois puxar você de volta.

— São cinco andares! — Yané protestou.

— Você tem uma ideia melhor? — Rabé disse.

Yané foi até uma das gavetas no lado da sala e procurou nela por alguns minutos.

— O capitão Panás ficou irritado por você não deixar os guardas ficarem aqui dentro, então ele tomou algumas medidas — ela disse. Ela encontrou e mostrou triunfalmente um disparador de gancho preso a um cabo. — Viu? Muito mais fácil do que escalar.

— Ele vai nos matar — Padmé previu. — Mas não vou deixar isso me impedir.

Elas se vestiram. Era divertido fazer mais do que um penteado e Padmé ficou contente por não precisar usar as presilhas apertadas debaixo de uma peruca. Eirtaé tomou um tempo para encaracolar seus cabelos, já que raramente podia exibi-los. Rabé e Padmé vestiram túnicas sobre suas roupas, Rabé escondendo o cabo do gancho debaixo da saia. Cada uma pegou alguns créditos da carteira de Padmé, para o caso de alguma emergência, e guardaram em vários bolsos — no caso de Sabé, em suas botas.

Antes de saírem, elas se certificaram de que Saché estava o mais confortável possível. Ela estava encolhida sozinha na cama de Padmé, sentindo-se desolada e miserável demais para se mover.

— Se o seu estômago continuar doendo pela manhã, vamos chamar um droide médico — Yané disse, tirando uma mecha de cabelo de seu rosto. Saché não recuou, o que era algo novo. — Não pode ser comida estragada. Você não está vomitando e nós comemos as mesmas coisas.

— É melhor vocês saírem — Saché disse. — Sei que o Afeto Neurotransmissor sempre tem um incrível show de luzes na abertura.

As três garotas que obviamente iam assistir a um concerto saíram primeiro. Padmé podia ouvi-las rindo com os guardas no corredor — era a primeira vez desde sua chegada no palácio que as damas de companhia vestiam roupas diferentes, e podia ser a primeira vez que qualquer pessoa tinha a oportunidade de imediatamente distingui-las. Rabé as fez esperar quinze minutos, então ela e "Saché" seguiram para a biblioteca.

— Por que elas podem ir a um concerto enquanto vocês duas precisam ficar aqui lendo sobre minérios? — um dos guardas perguntou quando Rabé explicou para onde estavam indo.

— Ah, nós ficamos de propósito — Rabé disse. — Nós duas não gostamos de lugares lotados. Uma noite de sossego lendo um pouco faz muito mais o nosso estilo.

O guarda sacudiu a cabeça, mas as deixou passar sem mais perguntas. Padmé manteve a cabeça abaixada e torceu para ninguém notar que ela era uns bons cinco centímetros mais alta do que Saché.

Uma vez na biblioteca, Rabé tirou sua túnica de dama de companhia e a dobrou rapidamente. Padmé fez o mesmo, um pouco mais devagar, também deixando as túnicas em uma cadeira no canto da sala. Rabé abriu a janela e disparou o gancho em uma viga.

— Isso aguenta nós duas — ela disse. — Você vai precisar pisar no parapeito e colocar seus braços ao meu redor, depois vou baixar nós duas.

— Achei que você fazia e vendia falsificações — Padmé disse. — Como aprendeu a fazer tudo isso?

— Bom, você não pode falsificar uma coisa se nunca a viu antes.

Padmé não tinha pensado nisso. Ela pisou no parapeito ao lado da ex-ladra de obras de arte e colocou os braços ao redor de sua cintura.

— Pise comigo no três — Rabé disse. — Um, dois, três!

Padmé se segurou nela e deu aquele primeiro passo no ar. Por um segundo, ela estava caindo, e então o cabo as sustentou. Rabé as baixou até o chão e apertou o botão de retração. O cabo se desprendeu e desapareceu, então Rabé guardou o disparador debaixo de um conveniente arbusto. Ela a guiou pelo caminho entre os jardins, sussurrando instruções sobre como ter certeza de que passariam pelos pontos cegos do sistema de segurança. Um rápido salto a deixou no topo do muro do jardim, depois ela puxou Padmé para cima.

— Essa é a parte difícil — Rabé admitiu. — Quando cair no poço seco, dobre os joelhos ao aterrissar. E, pelo amor da fruta jogan, não morda a língua.

Rabé deslizou até a beira do muro e desceu. Mesmo pendurada na ponta dos dedos, estava a uma distância considerável do chão. Ela rolou ao aterrissar e se levantou rapidamente, limpando a grama das mãos. Padmé se esforçou para replicar o movimento, sem rolar, e acabou perdendo o ar dos pulmões quando aterrissou. Ficou sentada ofegando por alguns momentos, então Rabé a ajudou a se levantar.

— Por favor, depois me ensine como fazer isso do seu jeito — ela disse quando recobrou o fôlego.

— Vou colocar na lista — prometeu Rabé, sorrindo. — Mas você se saiu bem.

— Obrigada — Padmé agradeceu.

As duas garotas se apressaram. Elas deveriam encontrar as outras na entrada VIP do Odeon e não queriam deixá-las esperando. Não era uma distância muito grande e havia uma multidão para se misturar assim que chegaram à via pública principal. Padmé sorriu, apesar do peito queimando. Fazia tempo que não ficava perto de tanta gente, e sentira falta disso.

Sabé acenou para elas na entrada e apresentou Padmé para Harli como uma criada que Rabé havia trazido.

— Quanto mais, melhor — Harli disse. — Venham, vamos ver que assentos meu primo conseguiu para nós.

Os assentos eram bem perto. E não eram exatamente assentos, eram mais um lugar na área de dança VIP. Isso definitivamente não era o que Yané esperava e ela ficou muito satisfeita em ficar na beira da pista de dança e observar o palco. Eirtaé ficou muito interessada no sistema de iluminação e também não tinha desejo algum de dançar. Rabé disse que tinha dois pés esquerdos, algo de que Padmé duvidava muito, mas não se importava o bastante para discutir.

Harli tirou Sabé para dançar assim que o show de luzes de abertura terminou. Os atores subiram em colunas antigravidade quando a música mudou e começaram a dançar para a música ironicamente chamada "Desça daí" enquanto a plateia tentava imitá-los na pista de dança. Sabé e Harli se moviam bem juntas e Padmé quase se esqueceu de assistir à banda. Ela não gostava dessa sensação. Não achava que fosse ciúme — não inteiramente. Antes de Harli chegar, Padmé sabia em que pé ela e Sabé estavam. Sabé havia sido a primeira das damas de companhia, era a melhor em substituí-la e aquela que se arriscaria, caso houvesse algum perigo. E, naquele momento, Padmé não tinha certeza de como Sabé se sentia sobre essas coisas.

Ela deveria simplesmente perguntar. Se fossem garotas normais, ela perguntaria. Era como aquelas primeiras semanas quando nenhuma delas reclamava e simplesmente ficavam mais e mais irritadas umas com as outras. Mas elas não eram normais. E, embora Padmé pudesse perguntar como amiga de Sabé, não tinha certeza se deveria perguntar como rainha. Não, ela teria de esperar Sabé contar. E Padmé não gostava nem um pouco disso.

A música mudou, o ritmo se alterando levemente, mas não diminuindo muito enquanto os feixes sônicos de energia sólida reforçavam a batida. As luzes mudaram de cor e a multidão aplaudiu quando o palco foi envolvido em disparos de plasma de Naboo. Sabé se aproximou e agarrou a mão de Padmé, puxando-a para a pista de dança. Elas se moveram juntas e, por um momento, tudo estava como deveria ser. Então Harli apareceu segurando seu cotovelo, com um monte de bulbos iridescentes nas mãos.

— São brilho-lírios — ela disse, gritando para ser escutada na multidão. — Cada seção da plateia tem uma frequência de ativação diferente. Peguei algumas para todas nós!

Harli sacudiu os bulbos para misturar os elementos químicos. Ela abriu um e entregou para Sabé. As luzes principais se apagaram, e o Odeon tremeu com som e cores, mas, quando Harli abriu o segundo bulbo para Padmé, ele se quebrou e a cobriu com um líquido que brilhava no escuro.

— Nossa, desculpe! — Harli gritou. — Mas agora você não precisa se preocupar em se segurar em alguma coisa!

Padmé tentou limpar o líquido do rosto, mas apenas sujou ainda mais as mãos. Yané apareceu com uma echarpe e uma garrafa de água, mas nem mesmo isso foi suficiente para limpar totalmente as manchas.

— Vamos precisar lidar com isso em casa — Yané disse diretamente em seu ouvido. — Quer ir embora?

— Não — Padmé disse. — Estamos nisso juntas e não vou arruinar a noite para todo mundo.

Yané parecia preocupada, então Padmé abriu um sorriso e as duas voltaram para o show.

Pelo resto da noite, sempre que Padmé olhava para Sabé, ela estava rindo.

CAPÍTULO 14

PANÁS CONSEGUIU JANTAR COM sua esposa pela primeira vez em vários dias. Foi um pouco antes de ela sair para seu turno e ele não pôde preparar nada especial em tão pouco tempo, mas pelo menos conseguiram ver um ao outro. Panás contou a ela o máximo que podia sobre as discussões. A transcrição pública só ficaria pronta em alguns dias, mas mesmo trabalhando à noite, Mariek acabaria ouvindo algo pelas fofocas do palácio, e Panás preferia que ela ouvisse da boca dele. Estavam prestes a comer o pão de feijão-denta que a cozinha havia preparado para o primeiro dia da conferência quando o comunicador de Panás emitiu um sinal com um alerta que ele ouvira apenas uma vez antes.

Depois de a rainha ter se recusado a permitir guardas em seus aposentos pessoais, Panás havia tomado algumas medidas de segurança que não contara a ela. Havia armas escondidas na poltrona da janela, por exemplo, o que incluía uma variedade de coisas que ajudariam a rainha a escapar ou lutar, se a ocasião pedisse. Havia vários sensores que podiam detectar uma brecha no perímetro e vários outros para diferentes tipos de disparos de armas. Também havia um sensor do qual a rainha *tinha conhecimento*, porque certa vez Eirtaé o disparara quando estava costurando e furou o dedo com uma agulha. Era esse alarme que tocava agora: aquele que detectava sangue.

Mariek já estava de pé antes de seu marido. Ela já estava vestida para o trabalho, exceto por sua jaqueta. Não parou para pegá-la quando seguiram para a porta. Panás nem parou para colocar os sapatos. Ela segurou o ombro dele assim que entraram no pátio do quartel.

— Não corra — ela sussurrou.

— Eu sei — ele murmurou entre dentes. Não é como se alguém que o visse vestido daquele jeito não fosse ficar alarmado, mas eles tinham convidados, e correr pelos corredores do palácio atrairia muita atenção. Padmé tinha as garotas com ela. Ele podia ser profissional.

Os dois andaram o mais rápido que podiam.

O corredor da suíte da rainha estava silencioso. Os quatro guardas de plantão estavam em seus postos. Eles se endireitaram quando Panás apareceu e, quando viram seu desalinho, entraram em alerta. Panás não parou para falar com eles. Abriu a porta da suíte.

As salas estavam vazias e escuras. Havia apenas uma luz baixa perto da lareira. Havia uma estranha calma, e Panás não queria ficar calmo. Ele tinha uma prioridade: Amidala.

Ele invadiu o quarto, e a garota na cama se levantou e gritou.

Mariek seguiu Panás para dentro do quarto da rainha. Os dois pararam imediatamente quando ouviram o grito e Mariek se virou para acender a luz. No centro da cama estava Saché. Ela estava pálida e ofegante. Eles a tinham assustado.

— Onde ela está? — Panás rugiu.

Saché recuou. Ela piscou, tentando acordar o mais rápido que podia.

Mariek tocou o ombro de Panás.

— Deixe-me cuidar disso, meu amor — ela disse. — Vá dizer aos guardas no corredor que não houve emergência nenhuma.

Panás obviamente pensava que *havia* uma emergência, já que a rainha claramente não estava em seu quarto, mas ele obedeceu mesmo assim.

Mariek se sentou na beira da cama.

— Ele está irritado porque o alarme o tirou de um pão de feijão-denta quentinho — ela disse. Saché riu da ideia do capitão Panás escolhendo uma sobremesa em vez do dever. — Foi o alarme de sangue, e acho que não foi um acidente de costura dessa vez.

Saché pareceu confusa por um momento, depois conectou os pontos entre suas cólicas e o alarme. Ela olhou debaixo dos lençóis e seu rosto se tornou vermelho-vivo.

— Nós guardamos os absorventes no banheiro — ela sussurrou, querendo que a cama a engolisse inteira e a fizesse desaparecer. — As instruções estão no pacote. Eu posso me virar sozinha.

— Vou cuidar da lavanderia — Mariek disse.

Panás esperava por ela no corredor. Ele olhou para o lençol que ela carregava, consideravelmente perplexo.

— Onde elas guardam as roupas? — perguntou, como se tudo estivesse normal.

— O que está acontecendo? Onde está a rainha? — ele questionou.

— Ainda não cheguei nessa parte — Mariek disse. — Você quase matou aquela pobre garota de susto, depois ela quase morreu de vergonha. Apenas nos dê alguns minutos.

Panás observou enquanto Mariek depositava o lençol no cesto e pegava um conjunto de roupas de cama limpo. Ele procurou nos registros do guarda-roupa até encontrar as coisas de Saché e solicitou um pijama limpo para ela. Depois levou tudo de volta para o quarto da rainha. Panás estava com os nervos à flor da pele.

— Imagino que ela não esteja ferida, ao menos? — ele perguntou.

— Ela está bem — Mariek disse. — E você é um idiota por colocar um sensor de sangue no quarto de uma adolescente.

Panás fez várias conexões ao mesmo tempo e teve a decência de parecer se sentir culpado depois.

— Nunca disparou antes — ele murmurou.

— As garotas mais velhas provavelmente tomam supressores — Mariek disse. — Você sabe, como literalmente toda guarda que passa pelo ciclo. Nós somos pessoas ocupadas, Quarsh.

— Vou pedir desculpas por assustá-la. Assim que ela me disser onde está a rainha.

Saché saiu alguns minutos depois. Estava vestindo um roupão e parecia incrivelmente embaraçada. Manteve os olhos nas botas de Panás.

— Tem um concerto no Odeon — ela disse, sem ninguém perguntar. — É para lá que elas foram.

— Como conseguiram sair? — Panás exigiu saber.

— Sabé, Yané e Eirtaé saíram com Harli primeiro. — Saché fez uma pausa. Ela não queria revelar um segredo, mas não havia como evitar. — Rabé e Padmé saíram pela biblioteca.

— A biblioteca — continuou Panás, extremamente calmo — fica no quinto andar do palácio.

— Yané encontrou o disparador de gancho algumas semanas atrás — Saché disse, apontando para a poltrona da janela. — Foi isso que usaram.

Mariek fez um som muito parecido com uma risada suprimida e Panás cobriu o rosto com as mãos.

— Vamos fazer o seguinte — ele disse, depois de pensar um pouco. — Não vamos causar uma cena. Você vai ligar para a rainha e dizer para ela voltar. Ela vai entrar do mesmo jeito que saiu para não transformarmos isso em um espetáculo.

— Entendido — Saché sussurrou.

— Como ela está disfarçada? — Mariek perguntou quando isso lhe ocorreu. — Se estão com Harli Jafan, ela deve ter tomado algumas precauções.

— Elas foram como elas mesmas — Saché disse. — Ninguém sabe quem são. Hoje são apenas garotas comuns.

— Ligue para ela, agora mesmo — falou Panás.

Saché tirou seu dispositivo do bolso e o segurou na palma da mão. Pelo menos aquela noite não podia piorar.

Padmé levava seu comlink no bolso. Ela o havia ajustado para vibrar o máximo possível. Não havia como ouvir no meio do concerto, mas ela podia sentir. Não esperava que alguém fosse ligar, mas, quando o comlink vibrou contra sua perna, sabia que só podia ser uma pessoa.

Ela ativou o dispositivo e uma Saché em miniatura apareceu na palma de sua mão. Padmé não conseguia ouvir no meio do barulho da música, mas Saché falou de um jeito claro o bastante para ela ler seus lábios.

— Volte para casa — ela disse. — Fomos descobertas.

Certo. Isso seria divertido.

Padmé chamou a atenção de Rabé. Rabé entendeu a situação imediatamente e foi reunir as outras. Sabé ainda estava na pista de dança com Harli, então elas não a interromperam.

— Padmé e eu vamos voltar — Rabé declarou quando Padmé atualizou a todas sobre a situação. — Vocês duas esperam por Sabé e depois voltam com ela.

A volta para o palácio não foi tão excitante quanto escapar dele. Panás estava dando a elas uma chance de preservar a própria dignidade — e o disfarce da rainha —, e Rabé não desperdiçou essa chance. Encontrou o cabo do gancho e passou as duas pela janela sem problemas. Elas vestiram suas túnicas de dama de companhia e saíram para encarar a música.

Os guardas no corredor estavam cuidadosamente neutros. Nenhum deles tinha certeza do que estava acontecendo e Padmé agradeceu a discrição deles ao não tentarem descobrir agora. Rabé abriu a porta da suíte e entrou.

— Estamos na sala de estar — Saché avisou.

Padmé tomou um momento para se recompor.

— *Não* o deixe passar por cima de você — Rabé sussurrou.

— Não vou deixá-lo passar por cima de *nós* — Padmé respondeu.

Quando foi até a sala de estar, estava vestida como dama de companhia, mas era a rainha Amidala até a ponta dos dedos. Rabé seguiu alguns passos atrás, como se fosse um passeio normal pelo palácio, e, em vez de se sentar, parou atrás de Padmé.

— Nem sei por onde começar — disse Panás. Ele já havia passado pelo calor da fúria e agora estava no meio de uma fria zanga. Estava fazendo todo o possível para mantê-la segura, e ela havia praticamente jogado tudo de volta na cara dele.

— Nós tivemos uma oportunidade de estreitar os laços com a delegação de Jafan — Padmé disse. — Considerei que era um risco adequado.

— Não me venha com essa, Alteza. — Panás se segurou em sua educação para não começar a gritar com ela. — Poderia ter feito isso no palácio. Poderia ter convidado qualquer entretenimento que quisesse. Em vez disso, passou por seus guardas, escalou cinco andares, de algum jeito conseguiu passar pelo muro do jardim e saiu sem nenhuma segurança!

— Capitão Panás, você sabe que isso não é verdade — Padmé contrapôs. — Você mesmo treinou minhas guarda-costas.

Ela usou a palavra muito deliberadamente.

— Não é a mesma coisa! — exclamou Panás.

— É sim — Padmé rebateu. Pela primeira vez, ela liberou todo o peso de suas emoções sobre ele: raiva, frustração e uma determinação tão sólida que quebraria rochas. — Esse era o ponto. Elas renunciaram a família delas e o próprio nome e reputação, e fizeram isso voluntariamente, porque acreditam na sua ideia do que podemos ser. Você nos treinou e nos deu a capacidade de nos defender. Nós trabalhamos para nos tornar um grupo fluido e adaptável, e somos poderosas, capitão. Mesmo que não seja o tipo de poder com que está acostumado.

Panás recuou, surpreendido. E um pesado silêncio se instaurou por vários momentos.

— Você vai fazer coisas que eu não gosto, capitão — continuou Padmé. — E eu vou fazer coisas que você não gosta. Mas, no fim das contas, um de nós é a rainha eleita de Naboo, e farei meu trabalho do jeito que eu achar melhor. Vou ouvir seus conselhos da mesma maneira que ouço os conselhos de todos, mas às vezes vou agir contra aquilo que você me disser. E você terá de fazer o seu trabalho e me proteger de qualquer maneira.

— Como posso protegê-la, se não sei onde está? — ele perguntou.

— Você me deu cinco protetoras. Terá de confiar nelas também.

Panás olhou para Rabé atrás dela, a garota que ele achou que conseguiria controlar. O olhar seco dela disse a ele tudo o que precisava saber. Aquela não era uma luta que ele podia vencer.

— Entendo, Vossa Alteza — disse Panás. — Da próxima vez que quiser sair em uma aventura, primeiro me informe. Farei todo o possível para que possa acontecer.

— Eu agradeço sua dedicação, capitão. — Ela deixou que ele ouvisse seu afeto agora, e o respeito, já que tinha recebido as emoções negativas antes.

— Estou atrasada para meu turno — Mariek disse, conseguindo quebrar a tensão no ar. — E Saché provavelmente quer voltar para a cama.

Ela ajudou o marido a se levantar e eles se retiraram. Rabé se sentou e colocou os pés sobre a mesinha.

— Eu arruinei o lençol — Saché disse, como se fizesse perfeito sentido. — E você está coberta de glitter.

Provavelmente foi culpa da adrenalina, mas Padmé chorou de tanto rir.

CAPÍTULO 15

O GLITTER NÃO SAÍA. Yané tentou de tudo para limpar as mãos de Padmé, mas nada funcionava. Eirtaé analisou os elementos químicos e tentou criar um limpador que não dissolvesse a pele de Padmé até os ossos, mas até agora não havia tido sorte.

— Tente aplicar a maquiagem por cima — Rabé sugeriu.

Yané tentou, mas não adiantou. A maquiagem que elas usavam como corretivo funcionava bem no rosto de Padmé, mas rachava sempre que ela mexia os dedos. Yané tentou uma aplicação mais leve, mas não foi suficiente para cobrir o glitter.

— Já é de dia — Saché protestou. — Como pode ainda estar brilhando?

— É uma receita secreta — Eirtaé disse a ela. — Tive que invadir o banco de dados do fabricante para encontrar os ingredientes.

— Você não pode sair desse jeito — advertiu Yané. — Harli vai reconhecer você imediatamente.

— Luvas? — Rabé sugeriu.

— Não com um representante de Kreeling aqui — Yané disse a ela. — Não é exatamente uma regra, mas é uma diretriz cultural que devemos seguir, se quisermos manter nossa boa relação com Tobruna.

Houve um momento inteiro em que nenhuma delas entrou em pânico.

— Então vai ter de ser Sabé — Eirtaé disse. — Ela é a única que tomou o seu lugar em público e a voz dela é a melhor. Vai ser preciso falar muito hoje.

Sabé ergueu os olhos de onde ela vinha desembaraçando fios de contas de um dos ornamentos de cabeça mais ridículos da rainha.

— Como é? — ela disse.

— Eirtaé está certa — Padmé concordou. — Você terá que ser a rainha hoje e vou assistir as reuniões da galeria, como uma criada. Se eu mantiver minhas mãos dentro das mangas, ninguém vai perceber.

— Isso não é a mesma coisa que enganar os guardas ou tomar o seu lugar em um desfile — Sabé disse. — É trabalho de verdade. Com sérias ramificações.

— Estou ciente — afirmou Padmé. Sua voz saiu um pouco fria. — Quando saímos para o concerto, eu sabia que poderia haver consequências, e aqui estamos. Hoje, você é a rainha.

Isso serviu como uma declaração, e as garotas começaram a trabalhar.

Padmé e Sabé trocaram de lugar. O vestido do dia era bastante formal. O vermelho profundo era equilibrado com tons de cinza, e o ornamento da cabeça tinha mais uma vez o tradicional formato de leque. Rabé e Yané, que acompanhariam a rainha até a sala do trono, vestiam um laranja-vivo outra vez. Aquela cor vinha rapidamente se tornando seu tom principal, e a vitalidade do tecido as ajudava a desaparecer. Saché ajudou Padmé e Eirtaé a vestirem a túnica de um azul discreto e mangas largas, e todas cobriram a cabeça com o capuz.

— Ainda bem que está na moda — comentou Padmé.

— Você acreditaria se seu dissesse que não estou surpresa? — Yané perguntou.

— Sim — Padmé disse, sendo honesta até a alma. — Acredito.

Sabé se aproximou enquanto Padmé aplicava a maquiagem que disfarçaria sua aparência.

— Desculpe — ela disse.

— Não é culpa sua se a tampa quebrou — Padmé respondeu.

— É culpa minha que você estava lá — Sabé disse.

— Faço minhas próprias escolhas, Vossa Alteza — continuou Padmé. — Você sabe disso.

Parecia que estavam fazendo as pazes, mas Padmé teve a sensação de que estava apenas piorando as coisas. Mas não havia tempo para mais nada. Todas tinham lugares para ir.

A galeria estava quase cheia. A assembleia legislativa havia parado de enxergar a conferência como um capricho da rainha logo depois que a primeira transcrição pública tinha sido liberada. A resposta da população em geral havia sido favorável e agora os congressistas estavam curiosos para ver como tudo terminaria. Padmé e as outras tinham lugar na seção reservada como criadas, o que também significava que qualquer pessoa que precisasse passar uma mensagem poderia chamá-las.

Depois de duas horas de discussões finais, um representante chamou a atenção de Padmé. Não havia como passar a mensagem para Saché ou Eirtaé sem levantar suspeitas, então ela se levantou e foi ver o que era.

— Por favor, leve isto para a cozinha — pediu o representante. — Vamos sair mais cedo do que pensávamos e quero me certificar de que os cozinheiros tenham a contagem certa para hoje à noite.

Pela primeira vez, Padmé se perguntou por que eles não tinham um sistema mecanizado para esse tipo de coisa. Não seria difícil enviar uma breve mensagem via comunicador e, embora Padmé fosse perfeitamente capaz de levá-la, não queria perder a conferência. Tantas coisas no governo de Naboo eram daquele jeito: um conjunto de tradições que funcionava como os créditos da República, valiosos apenas porque todos já tinham concordado que valiam alguma coisa. Mas isso significava que havia pontos fracos para serem explorados e nenhuma defesa contra eles. Se Padmé não entregasse a mensagem, haveria um número incorreto de cadeiras no jantar. Não era um grande problema, mas ela estava começando a se perguntar de que outras maneiras o sistema poderia ser explorado.

Padmé memorizou a mensagem do representante e depois saiu da galeria. Ela voltaria assim que possível. Já que não estava mais ali para ouvir, não ficou sabendo que, logo após sua saída, a rainha Amidala pedira um breve recesso, e também não viu Harli Jafan discretamente se retirar da sala do trono.

Padmé estava voltando da cozinha quando foi flagrada.

— Aí está você! — Harli disse, atrás dela e perto demais. — Quando não a vi com a rainha hoje de manhã, achei que não encontraria mais você.

Padmé congelou. Estava usando seu próprio rosto, apesar de o capuz e a maquiagem disfarçarem a maior parte. E aquela garota havia chegado mais perto do que qualquer pessoa de ver através do disfarce da rainha. Ela havia contado o número de damas de companhia na sala e percebido que Sabé não estava entre elas. Ninguém pensaria em olhar para a rainha, é claro, mas outra garota de túnica no corredor do palácio, de mesma altura, era um palpite lógico. Ainda mais quando aquela garota tinha deliberadamente aprendido a se mover da mesma maneira.

— Tive um trabalho diferente hoje. — Padmé falou o mais baixo possível. Rabé dissera que vozes baixas eram mais fáceis de confundir. A voz da rainha precisava ser alta, então aquilo exigia muito dela. Virou-se para ficar meio de frente para Harli, mas manteve a cabeça baixa e o capuz por cima.

— Eu só queria dizer que tive uma noite incrível ontem — Harli disse. — Primeiro achei que ficar com suas amigas estragaria o clima, mas elas também são muito divertidas.

— Foi um bom concerto — Padmé disse. Nunca se sentira tão exposta em toda sua vida.

— Você está bem? — Harli perguntou. — Teve problemas?

— O capitão Panás se preocupa demais — Padmé admitiu.

Harli riu, depois estendeu as mãos e tomou os cotovelos de Padmé. Ela se moveu muito rápido para Padmé desviar e a puxou um pouco perto demais.

— Olha, não sou muito boa nisso e sei que nós literalmente vivemos em mundos diferentes, mas gosto muito de você — Harli disse. O coração de Padmé acelerou, e não do jeito que Harli provavelmente pretendia. — Não conheço muito da cultura de namoro de Naboo, mas gostaria de lhe dar um beijo antes de ir embora.

— Oh, não — pediu Padmé. Foi um reflexo, foi absoluto e foi *cruel*. Ela se arrependeu imediatamente, mas não conseguiu pensar em nada mais para fazer. Ela se afastou.

— Oh — Harli disse. Ela parecia surpresa. — Você não vai nem olhar para mim hoje?

— Desculpe — Padmé disse. — Tenho que entregar uma mensagem importante.

Ela fugiu, deixando Harli sozinha no corredor e se perguntando o que tinha acabado de acontecer.

O resto da conferência passou sem incidentes, embora Harli tivesse falado muito pouco. A rainha presidiu um chá de despedida depois da última sessão, então cada delegação se retirou formalmente. Eles partiriam na manhã seguinte, mas aquele era o último evento oficial. As damas de companhia retornaram para a suíte e se prepararam para passar a noite relaxando depois de uma semana cheia. A manobra da dublê, até onde elas sabiam, havia funcionado sem problemas e todas estavam com vontade de celebrar.

Sabé não teve uma chance de olhar em seu comunicador pessoal ou de ter uma conversa particular com as outras até tarde da noite. Yané a havia ajudado a tirar o vestido e as outras tinham ido para a cama. Sabé percebeu que Padmé tinha algo sobre o que queria conversar e pensou que era apenas a rainha querendo avaliar seu desempenho naquela tarde. Quando finalmente teve um momento para si mesma, Sabé leu uma mensagem de Harli que a deixou confusa e logo com raiva quando percebeu o que tinha acontecido. Ela foi até o quarto de Padmé. Saché já estava debaixo das cobertas, mas Padmé ainda estava lendo.

— Acabei de receber uma mensagem muito estranha de Harli Jafan — Sabé disse com acidez. — E, francamente, estou surpresa por você não ter me dado nenhum tipo de aviso.

Padmé congelou. Ela baixou os documentos e deu atenção total a Sabé.

— Parece que ela tentou se despedir de mim hoje à tarde — Sabé continuou. Sua raiva entrava em ebulição dentro dela. Saché estava acordada, mas sem se mover. — E eu fui muito rude com ela.

Harli tinha usado um linguajar muito diferente.

— Ela me surpreendeu — Padmé disse. Sua calma era completamente irritante, não por causa de seu controle, mas porque Sabé tinha certeza de que ela estava adaptando seu comportamento para a resposta de Sabé. Ela odiava ser manipulada. — Eu não estava esperando ser confundida com você. A ideia é que funcione ao contrário.

— E então você tinha de tratá-la mal? — questionou Sabé. — Consegue convencer um planeta inteiro a amar você, mas não pode tomar dois segundos para considerar os sentimentos dela?

— Eu deveria tê-la deixado me beijar? — indagou Padmé. Seu tom de voz aumentou. — Acha que ela ainda pensaria que eu era você então? Não acha que ela teria me reconhecido do concerto, já que ainda estou coberta de glitter?

— Eu não sei! — Sabé gritou. Ela estava ciente de que as outras estavam de pé atrás dela e moderou seu tom de voz para que os guardas não entrassem correndo. — Só achei que você podia, por um segundo, ser capaz de pensar em outra pessoa além de si mesma.

Não havia nada que ela pudesse dizer que machucaria mais Padmé, e ela sabia.

— Eu tentei, Sabé — disse Padmé, depois de um silêncio horrível. — Vi que você gostava dela e eu não sabia o que isso significava. Se eu fosse apenas sua amiga, eu poderia simplesmente perguntar, mas também sou sua rainha. Não posso ordenar que me conte sua vida pessoal, posso? Eu tinha que confiar que você me procuraria para me contar aquilo que eu precisasse saber. E você não fez isso.

— Você acha que eu revelaria segredos? — Sabé perguntou. — Realmente pensa tão pouco de mim?

— Não. Eu tenho muita consideração por você. Mas é mais difícil do que eu pensava ser sua amiga e sua governante ao mesmo tempo, e não posso fazer isso se você não me ajudar.

Sabé se sentou na cama. As outras vieram e se juntaram a elas, Saché encolhendo as pernas para dar mais espaço ao seu lado.

— Vocês queriam uma noite normal — Padmé disse. — E eu tentei dar isso a vocês. Achei que isso significava que minha versão criada iria junto com vocês, mas acho melhor evitarmos isso daqui em diante.

— Eu já havia ficado triste o bastante por Saché perder o concerto — Sabé admitiu. — Se você também não tivesse ido, não teria valido a pena.

— Achei que você queria passar mais tempo com Harli — falou Padmé.

— Eu queria — admitiu Sabé. — Ela é a primeira pessoa que gostou de mim apenas por eu ser eu mesma. Mas isso não significa que eu também não queria passar um tempo com todas vocês. Fora desse maldito quarto.

— Bom, provavelmente não poderemos mais usar a biblioteca para escapar — Rabé disse com um tom mais leve. — Acho que Panás vai ficar de olho.

Sabé não conseguiu segurar uma risada. Elas não tinham resolvido nada, mas pelo menos identificaram o problema. Era um começo.

— Você pode ir, se quiser — ofereceu Padmé. — Não sei o que poderia dizer, mas você pode tirar a noite de folga.

Sabé ficou agradecida pela oferta, mas era tarde demais. E Harli havia deixado muito claro que não queria vê-la outra vez.

— Não — ela disse. — O que está feito está feito.

— Desculpe — Padmé disse. Era tudo que ela podia fazer, e não era suficiente.

— Saché, você pode trocar comigo hoje? — Sabé perguntou. Ela meio que esperava que Saché fosse recusar. Isso significaria ter de ficar no mesmo quarto que Yané.

— Só dessa vez — Saché sussurrou. Yané olhou para as próprias mãos. A noite seria profundamente desconfortável para todo mundo, aparentemente.

— Obrigada — falou Sabé. Ela sabia que era importante não dormir brava com Padmé, por mais que quisesse. Ela não queria conversar; mas, talvez, se estivessem no mesmo quarto, tudo se resolvesse por conta própria.

— Acho que a gente podia ir até a casa do lago, agora que o verão acabou — Padmé disse. — Ainda é cedo no meu reinado para tirar férias, mas acho que já conquistamos muitas coisas nesta semana e podíamos tirar uns dias de folga.

— Vou começar a planejar amanhã — ofereceu Yané. Ela bocejou. — Lá para o meio da tarde.

Todas saíram e Sabé entrou no lugar que Saché havia deixado.

— Você queria mesmo tê-la? — Padmé perguntou.

Sabé entendia o que ela estava fazendo, e o motivo, mas ainda não poderia consertar as coisas. Ela poderia fazer seu trabalho, mas só isso, por enquanto.

— Ainda não, por favor — ela disse. — Só quero conversar sobre política.

Padmé prontamente mudou de assunto.

BRAVURA

O TEAR A FEZ se sentir melhor. Havia várias versões mecanizadas diferentes para escolher, teares que faziam todo o trabalho e teares que deixavam você manter algum tipo de controle, mas Suyan gostava mesmo era dos manuais. Sem um computador para dizer se a tensão estava certa, ela precisava manter total atenção, e ela gostava de como o mundo se fechava ao seu redor enquanto tecia. Isso silenciava a agitação do mercado, para início de conversa, e às vezes aquele nível de barulho podia ser insuportável.

Hoje, eram cobertores. Muito simples, mas Suyan não tinha pressa. Cada um tinha um desenho diferente. Todos seriam enviados para o hospital de Theed em algum momento, mas isso não era razão para não apreciar o processo. Suyan adorava ver o tecido crescer sob seus dedos enquanto tecia com os fios, e ela nunca se cansava de como podia usar as cores para contar as histórias que ela queria na trama.

— Você que fez todos esses? — alguém disse.

Suyan parou e ergueu os olhos. Ela precisava enxergar para tecer e não gostava muito de ser interrompida. Já era tarde e ela já tinha fechado várias boas vendas. Queria terminar aquele cobertor antes de escurecer.

— Sim, fui eu que fiz — respondeu. — São para o hospital.

— São muito bonitos. — A pessoa era um homem alto de pele morena e ombros largos. — Do que são feitos?

— É um novelo que eu mesma preparo — Suyan disse a ele. — Eu enrolo com vários componentes, e o resultado é um cobertor leve, quente e que absorve a umidade.

Se notou que ela não deu nenhum detalhe particular, ele fez a cortesia de respeitar sua autoria. Algumas pessoas tentavam fazê-la revelar as combinações e, apesar de não se importar em compartilhar, ela não entregaria o segredo para qualquer um.

— Você consegue produzir tecidos para outras situações? — ele perguntou. — À prova d'água? Ou de fogo, talvez?

— Sim — Suyan disse sem considerar muito. Ela era jovem para ser uma costureira mestra e ainda não havia recebido a designação oficial, mas era apenas questão de tempo. Ela conhecia muito bem os seus talentos. — Mas não sei o quão prático isso seria para um cobertor no hospital. Eles têm outros métodos de supressão de fogo.

— Não estou falando apenas de cobertores — ele disse. Ele ainda estava sentindo o tecido e ela percebeu pela maneira como o tocava que ele não entendia a qualidade do trabalho. Ela não tinha problema com as pessoas apreciando coisas por serem macias ou bonitas, mas suas perguntas não se encaixavam com o seu comportamento. — É preciso um novelo pesado para ter as características que você quer?

— A espessura facilita — ela admitiu. — Mas nem tudo precisa estar no fio. Existem resinas que podem ser usadas para tratar o tecido e ainda manter sua flexibilidade. E você provavelmente consegue fazer muitas coisas com bordados, se tiver o tipo certo de fio.

Ele considerou aquilo por um momento e ela pensou que ele continuaria andando. Em vez disso, ele voltou para o cobertor vermelho que ela havia terminado naquela manhã e o ergueu para ter certeza de que o acabamento estava bem-feito.

— Você sempre trabalha aqui? — ele perguntou, indicando o mercado em geral.

— Às vezes trabalho em casa — Suyan disse.

— Desculpe. Eu quis dizer, você sempre trabalha com o tear?

— Não — respondeu ela. — Tenho que enrolar meu novelo, como eu disse, e também tinjo a maioria dos tecidos.

— Isso é tudo que você sempre quis fazer?

Foi uma pergunta estranhamente direta e Suyan considerou o que dizer antes de responder.

— Sim. Estou feliz.

— Você consideraria outro emprego, se estivesse disponível? — ele perguntou.

— Nunca surgiu nada — respondeu Suyan.

Ele olhou diretamente para ela, parando de passar as mãos sobre as costuras do cobertor.

— Seria no palácio. Com muitas outras pessoas. Você não teria muito tempo para si mesma. Pode ser perigoso. E é muito importante.

Suyan pousou as mãos sobre o tear, soltando as bobinas e tirando os pés dos pedais. Ela percebeu que aquele homem definitivamente não a tinha encontrado por acidente. Ele não estava passeando no mercado até ser atraído pelas cores de seu estande. Ele sabia que ela estaria ali. Sabia o que ela fazia. Ele fora até ali para fazer aquelas perguntas, embora já soubesse a maior parte das respostas. E tinha feito tudo isso de propósito.

— Sou uma costureira — ela disse.

— Você é uma artista — ele corrigiu. Era uma designação comum em Naboo, mas a maneira como ele disse deu um peso maior do que ela estava acostumada. — Você tem um conjunto de habilidades muito interessante e estou muito interessado em ver você atingindo todo o seu potencial.

— Costureiras não costumam ter empregos perigosos — ela disse. Mesmo tingir o tecido, que antes da automação era um trabalho quente e pesado, era relativamente seguro desde que você não fizesse nada estúpido.

— Esse emprego tem uma outra parte — ele admitiu. — Você seria responsável pelo bem-estar de uma pessoa de alto nível e espero que use todas as suas habilidades para mantê-la segura.

— Você é da segurança real — ela disse, cerrando os olhos diante dele.

— Capitão Quarsh Panás — ele se apresentou. — Sou o chefe da guarda pessoal da rainha Amidala.

A coisa sobre costurar cobertores para o hospital era que Suyan tinha a sensação de ter feito algo bom sem realmente se esforçar. Sim, era divertido fazer o trabalho e, sim, ela gostava de criar combinações de tecidos, mas a verdade era que fazia aquilo mais porque era confortável. Aquilo que o capitão Panás descrevia parecia aterrorizante. Suyan não precisava ser lembrada do poder de um bom tear, um bom fio, uma boa costura. Ela já sabia essas coisas. Só não estava acostumada com o reconhecimento desse poder.

Mas não tinha muita certeza de que ela, Suyan, seria boa em proteger alguém.

— Certo — ela ouviu a si mesma dizer. — Eu aceito.

CAPÍTULO 16

A RAINHA AMIDALA PASSOU a manhã na plataforma de aterrissagem, acenando educadamente à medida que seus convidados partiam. Ela estava acompanhada de uma única dama de companhia e um punhado de guardas. Ninguém perceberia apenas olhando para ela, mas Padmé estava exausta. Ao menos seu vestido ajudava na maior parte do trabalho, em termos de ficar de pé com as costas retas.

Panás olhava para o céu com uma expressão confusa no rosto.

— Capitão? — disse a rainha.

— Estamos recebendo alguns sinais inesperados das boias externas — ele disse. — Quem mais falta?

— Apenas a governadora Kelma — Saché respondeu. — Ela se voluntariou para ir por último porque tinha menos hiper-lag que os outros.

— Vou chamar seu piloto e dizer para começar a se mover — disse Panás. — Vamos precisar enviar algumas de nossas próprias naves para checar as boias.

— Como quiser, capitão — respondeu Padmé.

A nave de Karlini decolou assim que as checagens terminaram. O comunicador ainda estava aberto, e quando a nave saiu da órbita, Padmé ouviu alguém muito claramente.

— Mas o que é isso? — foi tudo que eles conseguiram ouvir antes de a nave sair do alcance, mas foi suficiente para deixar Panás ainda mais desconfiado.

— Eu gostaria que Vossa Alteza voltasse para o palácio — ele disse.

Padmé não considerou discutir aquilo.

Saché tirou seu comunicador e enviou uma curta mensagem para as outras, que com sorte ainda estariam na suíte. Elas haviam vestido Padmé em outro traje formal naquela manhã, uma roupa que seria visível de uma nave enquanto ela estivesse de pé na plataforma de aterrissagem. O vestido era vermelho, com uma larga saia e um tabardo elaborado que cobria seus ombros e o peito. Ao redor da saia, havia um anel de globos luminescentes laranja e amarelos. Não era exatamente um vestido para se locomover rapidamente, mas Padmé conseguiu fazê-lo, mesmo nos degraus. Na porta do palácio, parou e se virou para uma das guardas.

— Por favor, poderia encontrar o governador Bibble e pedir a ele que venha até a sala do trono? — Tradicional ou não, ela iria atualizar o sistema de mensagens. — O capitão Panás precisa passar um relatório.

Suas palavras foram deliberadamente discretas e Padmé percebeu que a guarda a entendeu de imediato. Ela saiu com pressa e Padmé continuou na direção da sala do trono. Tinha uma sensação ruim sobre aquilo.

Os comunicadores pessoais na suíte da rainha tocaram todos ao mesmo tempo, o que seria alarmante por si só. Quatro miniaturas de Saché apareceram em quatro palmas da mão, e imediatamente suas atenções se voltaram à mensagem.

— Fogo — foi a única coisa que ela disse antes de desaparecer.

Era um dos primeiros códigos que tinham criado. Em vez de ter uma única palavra que chamaria a todas em caso de uma emergência, elas tinham algumas diferentes para ajudar a identificar que tipo de emergência era. A cor da túnica que Saché vestia naquela manhã — no caso, tons laranja para amarelo — significava que elas precisavam aparecer como damas de companhia na sala do trono, assim que fosse possível.

Elas não se deram ao trabalho de trançar os cabelos. Em vez disso, túnicas foram vestidas e arrumadas no corpo, e todas tiveram de prender os cabelos sozinhas, da melhor maneira que podiam. Sabé seguiu na frente no corredor a passos largos. Mais ninguém parecia estar respondendo, então Amidala ainda precisava da discrição delas. As damas de companhia chegaram na porta da sala do trono e viram a rainha já sentada, com Saché ao seu lado. O resto delas correu para seus postos.

— Governador Bibble, obrigada — Amidala estava dizendo quando o governador entrou pelo outro lado da sala. — Sabemos que você pretendia partir esta manhã, mas o capitão Panás gostaria que estivesse presente.

— É claro, Vossa Alteza. — Bibble era um político experiente demais para mostrar sua irritação abertamente, mas ninguém podia culpá-lo por querer estar em qualquer outro lugar. Ele também teve uma longa semana.

— Vossa Alteza, governador Bibble. — Panás entrou apressado, suas botas fazendo barulho no chão de mármore, e parou no centro da sala. — Bem quando a nave da governadora Kelma estava saindo da órbita, nossas boias externas detectaram uma pequena nave desconhecida. Achamos que ela realizou uma varredura para analisar nossas defesas planetárias, mas todos sabem que não temos nenhuma. Não sabemos...

Um holograma apareceu sobre ele, então o capitão deu um passo ao lado para que a imagem ficasse mais clara. Mesmo sabendo que a pessoa não estava ali, ele não conseguiu evitar levar a mão até seu blaster.

— Vossa Alteza — disse o holograma. — Sou o vice-rei Nute Gunray da Federação de Comércio. Solicito que assine um tratado.

— Vice-rei, isso não é absolutamente nada ortodoxo — Amidala disse. — Não temos o hábito de assinar tratados com pessoas que acabamos de conhecer.

— De qualquer modo, Vossa Alteza assinará este — Gunray disse. — Está sendo entregue agora mesmo.

Sabé foi até o console e confirmou. O documento que o vice-rei mencionava havia aparecido na base de dados da rainha. Sua mão pairou sobre o botão para desconectar, mas ela esperou por um sinal.

— Vamos acrescentar à nossa agenda — disse Amidala — e entraremos em contato no momento oportuno, quando tivermos dado nossa total consideração.

— Você assinará — Gunray disse. — Ou sofrerá.

Ele desapareceu.

— Vossa Alteza — começou Panás, mas Padmé ergueu a mão.

— Capitão. Por favor, prepare seus guardas e o resto das Forças de Segurança. Sei que não temos muito em termos de segurança planetária, mas não vou ficar sentada sem fazer nada até entendermos o que quer esse vice-rei Gunray.

— Governador. — Ela se virou para Bibble. — Desculpe, mas preciso que permaneça no palácio por mais um tempo.

— Não é um tratado de verdade — Bibble disse. — Eles esperam que Vossa Alteza se entregue sem lutar.

— Eles estão errados — declarou Padmé. — Mas pode haver pistas no documento sobre quais são as intenções deles. Recomendo que você e sua equipe leiam rapidamente.

— Vou cuidar disso — ele disse. O governador se levantou, mas Padmé ergueu a mão outra vez para impedi-lo.

— Governador, quem em Naboo tem poderes para assinar tratados com estrangeiros de outros mundos? — ela perguntou. — Devo confessar, não estou familiarizada com a exata cadeia de precedentes, e gostaria que isso fosse esclarecido assim que possível.

— A rainha é a única pessoa com esse poder — respondeu Bibble.

— E se a rainha estiver ausente ou incapacitada?

— Eles precisam esperar sua recuperação ou retorno.

— E se a rainha estiver morta? — ela emendou, sem pestanejar.

— Então deve haver uma eleição, Vossa Alteza — Bibble disse, o desconforto óbvio em seu tom de voz e na maneira como apertava as mãos. — Isso nunca aconteceu.

— Obrigada, governador — Padmé concluiu. — Vamos nos reunir em duas horas.

O tratado era, na opinião profissional de Sio Bibble, um monte de excremento de shaak. Naboo estaria se comprometendo aos caprichos da Federação de Comércio e não teria vantagem nenhuma com aquele acordo. Eles não podiam achar que a rainha fosse assinar.

Deviam ter outros propósitos mais sombrios. Bibble leu cada nota que conseguiu encontrar sobre quem tinha poderes para assinar em caso de emergência para saber se a sua afirmação original para a rainha estava correta. Se a Federação de Comércio buscava instalar uma rainha fantoche que seria mais simpática a suas exigências, isso seria outra questão. Tudo o que encontrou indicava a mesma coisa: ele estava correto. Apenas a rainha podia assinar, nada além de sua morte mudaria isso e, mesmo no pior dos casos, nada poderia acontecer até que houvesse outra eleição. Legalmente, eles ficariam bem.

Bibble começou a se preocupar com todos os caminhos não legais que poderiam fazer com que terminassem mal enquanto voltava para a sala do trono.

— Preciso falar com o senador Palpatine — Padmé disse. — Use o canal de emergência dele, se você conseguir encontrar.

— *Se* eu conseguir encontrar — Eirtaé resmungou. Em questão de segundos, ela havia preparado o comunicador e posicionado Padmé no lugar certo para a transmissão holográfica.

Independentemente da hora em Coruscant, Palpatine devia estar acordado, pois atendeu de imediato.

— Rainha Amidala? — respondeu ele, cintilando em azul diante dela. — Essa é uma surpresa inesperada.

— Temo trazer más notícias, senador — Padmé disse. — E nenhum tempo para gentilezas.

— Minha nossa. — Palpatine parecia um pouco sem fôlego. Talvez tivesse corrido quando ouviu o canal de emergência. — Por favor, prossiga.

— Nós recebemos uma comunicação ameaçadora do vice-rei Nute Gunray da Federação de Comércio — Padmé o informou. — Ele exigiu que eu assinasse um tratado. Eu me recusei, é claro. E vou recusar novamente. Nós tivemos tempo para ler o documento e ele está pedindo que eu entregue o planeta inteiro.

— Eu temia que algo assim pudesse acontecer — Palpatine disse. — Mas nunca em meus sonhos mais extravagantes imaginei que aconteceria de verdade! Vossa Alteza, a Federação de Comércio está por trás de uma conspiração no Senado para mudar as tarifas sobre as rotas de comércio, e Naboo fica bem no meio da operação proposta por eles.

— As notícias que nos vinham eram de que as propostas de lei estavam sendo rejeitadas — Padmé disse.

— E estavam mesmo — confirmou Palpatine. — Parece que a Federação de Comércio está adotando uma abordagem mais extrema.

— O capitão Panás e os outros oficiais estão tomando todas as medidas possíveis — Padmé disse. — No momento, não há nada que possamos fazer, a não ser esperar. Eu quis lhe informar para o caso de você ter alguma sugestão.

— Vou levar a questão para o chanceler — disse Palpatine. — Sempre é melhor ir direto ao topo.

— Obrigada, senador. Agora preciso me retirar.

— Fique segura — tranquilizou Palpatine. — Vossa Alteza é importante demais para a perdermos.

Rabé encerrou a conexão.

— É hora de voltarmos para a sala do trono.

— Vocês estão todas bem? — Padmé perguntou antes de saírem outra vez. — Sei que esses últimos dias foram muito cheios.

— Estamos bem — Sabé respondeu em nome de todas. Era mais ou menos verdade.

A porta da sala de estar se abriu de repente e elas se assustaram.

— Vossa Alteza — Panás disse. — A Federação de Comércio está aqui. Em órbita. Eles estão bloqueando o planeta.

Darth Sidious olhou para o holograma de Naboo que pairava sobre sua mesa. Era um lindo planeta. Águas límpidas e árvores verdejantes, pedras amarelas e céu azul. Pessoas que não queriam nada mais da vida além de criar coisas bonitas que alegravam outras pessoas.

Ele queria se certificar de que o legado desse planeta nunca fosse esquecido.

E agora tinha meios para isso. Orbitando-o em um perfeito círculo, havia dezenas de naves em forma de anel produzindo um bloqueio. Cada uma era altamente armada e com escudos ainda mais eficazes. E todas repletas de droides.

Ele ficou agradavelmente surpreso com a criatividade dos engenheiros Geonosianos ao projetarem a força invasora. Havia droides para cada patente e tarefa, assim como em um exército normal. Eles seriam capazes de dominar Naboo completamente, e podiam nem causar tantos danos ao planeta. Pelo menos não a princípio. Sidious preferia a completa destruição, mas uma profanação também serviria. O holograma brilhava, e ele tocou com o dedo o local onde Theed estaria, como se pudesse esmagar a capital.

O outro console, aquele em seu escritório público, emitiu um sinal alto o bastante para ele ouvir através da porta fechada. Provavelmente era o chanceler Valorum. Bem na hora.

CAPÍTULO 17

A PRIMEIRA SEMANA SOB o bloqueio da Federação de Comércio foi extremamente tensa e incrivelmente entediante. Na maior parte do tempo, não havia nada para fazer, a não ser esperar. Padmé passava horas na sala do trono, com vários funcionários do governo, teorizando sobre como Naboo poderia se defender e imaginando quais aliados poderiam ajudar. Todas as comunicações que eles enviaram foram respondidas de maneira pouco mais que vaga. Não havia dúvidas de que a Federação de Comércio estava ouvindo.

Ela nunca ficava sem suas damas de companhia. Ao menos duas delas sempre estavam ao seu lado, enquanto as outras se revezavam entrando e saindo da sala, em várias tarefas. Padmé começou a dar atribuições para cada uma delas em vez de esperar até que se recolhessem para dormir e falar com o grupo. Não era como o sistema deveria funcionar, mas elas precisavam se adaptar.

Não estava mais perto de fazer as pazes com Sabé, mas a dama de companhia parecia ter deixado todas as emoções de lado e se lançado aos seus deveres como se não houvesse nada mais a fazer. Padmé não podia fazer nada, a não ser também esperar por ela, embora toda aquela espera estivesse começando a lhe dar nos nervos.

O vice-rei se recusava a descer até o planeta e também não enviava um representante. Insistia que Amidala se juntasse a ele em uma de suas naves em órbita, mas isso obviamente estava fora de questão. Já que ela não cedia a suas exigências, ele começou a enviar emissários droides, todos carregando uma variação da mesma mensagem. Padmé enviou de volta cada um deles, sem resposta e sem assinatura.

Nenhuma nave tinha permissão para entrar ou deixar a atmosfera planetária. A Corporação Real de Caças Espaciais de Naboo não havia pressionado a Federação de Comércio para descobrir se eles realmente derrubariam as naves. Realizaram alguns exercícios na baixa atmosfera e receberam um alerta automático de um droide para não voarem muito alto, mas não viram nenhuma nave inimiga voando em formação. O impasse não deixava ninguém feliz, mas era melhor do que uma guerra total.

No sétimo dia do bloqueio, um transporte agrícola de Karlinus se aproximou da linha orbital. A governadora Kelma tinha enviado o carregamento como sinal de boa-fé, um agradecimento pela reabertura das linhas de comunicação entre os dois mundos. Era uma quantidade relativamente pequena de grãos, mas o gesto simbólico era inconfundível. A nave teve a passagem recusada e foi forçada a seguir para Enarc, onde a carga foi estocada. Foi o primeiro teste real do bloqueio, e a Federação de Comércio prevaleceu.

— Quanto das plantações nós realmente colhemos? — Amidala perguntou a seu conselheiro agrícola, várias horas depois de o impasse acabar e eles aceitarem que a nave não pousaria no planeta.

— É mais complicado que isso, Vossa Alteza — Graf Zapalo disse. — A primeira colheita sempre é mais fraca, então escolhemos transformar a maior parte em fertilizante. Colhemos talvez um oitavo, e isso já foi replantado para a segunda metade da temporada de cultivo.

— Então quando a legislatura decidiu pela metade, isso significava a *segunda* metade? — Amidala perguntou. Ela deveria saber. Havia detalhes demais para acompanhar.

— É isso mesmo, Vossa Alteza — confirmou Zapalo. — Esperávamos que o primeiro carregamento de grãos vindo de fora do planeta chegasse dois dias depois de o bloqueio ser implementado, mas seria de um planeta aliado da Federação de Comércio, então começamos a procurar uma alternativa. Os grãos de Karlini teriam nos sustentado, mas não fará diferença se nada puder passar.

— Quanta comida ainda temos de reserva? — A voz da rainha fez a pergunta parecer fria, o que disfarçou a preocupação crescente de Padmé.

— No planeta? — Zapalo fez uma pausa para alguns cálculos. — Podemos sustentar a cidade de Theed por um mês.

— Naboo não é apenas a cidade de Theed — Amidala disse, uma repreensão gentil.

— É claro, Vossa Alteza. Se vamos sustentar o planeta inteiro, nossos suprimentos durariam uma semana. Cada base populacional possui suas próprias instalações de armazenamento, mas teríamos de suplementar com recursos da capital.

— Está dizendo que temos comida suficiente para uma semana? — Amidala perguntou. Parecia muito pouco tempo.

— Comida pública, Vossa Alteza — Zapalo disse. — Isso não leva em conta qualquer comida no mercado geral, ou o que os fazendeiros possuem em seus armazéns particulares.

Padmé estava prestes a perguntar se havia um consenso sobre esse tipo de coisa, mas se segurou. Ou existia, e ela já deveria ter estudado isso, ou não existia, e ela apenas faria Zapalo parecer tolo quando tivesse de admitir.

— Você tem algum plano de emergência para esse tipo de situação? — Amidala perguntou.

— Por região, sim. Mas a resposta é adaptada para desastres naturais, não bloqueios estrangeiros. Não temos um plano para o planeta inteiro ao mesmo tempo — veio a resposta.

— Eirtaé vai acompanhá-lo e ajudar a rascunhar um plano — disse Amidala. — Queremos algo que possa ser implementado ao fim do dia.

O conselheiro agrícola parecia querer protestar, mas Eirtaé gentilmente o guiou para fora da sala.

— Mais alguma coisa mudou? — Amidala perguntou.

— Os embaixadores do chanceler Valorum devem chegar amanhã — respondeu Bibble. — Seus assessores indicaram que eles se encontrarão primeiro com o vice-rei, mas, com o bloqueio, isso provavelmente era inevitável.

— Precisamos ter fé nos embaixadores — Amidala disse. — Yané, por favor informe a cozinha que vamos consumir rações, começando assim que possível. Se tivermos de fazer um pronunciamento para a população em geral, queremos dar o exemplo.

Yané fez uma reverência e deixou a sala.

— Imagino que você não consideraria se esconder até que tudo isso se resolva? — Panás perguntou.

— Não, capitão. Mas, como sempre, agradecemos a sua preocupação com nossa segurança.

— Valeu a pena tentar.

Padmé se vestiu para os embaixadores do chanceler com o mesmo cuidado que teria se as circunstâncias fossem melhores. Ela usou o vestido vermelho com a saia e ombros largos outra vez. Era o vestido mais fácil de usar que também era adequadamente suntuoso, feito com um desenho cuidadoso e acabamento em pele de potolli. Yané havia modificado o traje para que Padmé não precisasse mais de uma roupa de baixo. Ela vestia apenas um macacão, e o vestido sustentava a si mesmo. Isso deixava o traje mais leve e fácil de se mover. Yané fez um trabalho impecável em sua maquiagem e, quando o ornamento de cabeça foi posicionado, com a joia de Zenda pressionando sua testa, Padmé estava se sentindo quase confiante.

Todos seguiram para a sala do trono para esperar e passaram o tempo organizando os planos de racionamento. Quando duas horas se passaram, Padmé enviou uma mensagem para Nute Gunray, lembrando-o de que ela sabia que já passava da hora de os embaixadores chegarem. O vice-rei parecia presunçoso demais.

— Vocês acham que embaixadores da República seriam suscetíveis a suborno? — ela perguntou para a sala quando a ligação se encerrou.

— Eu odiaria presumir demais — Bibble disse. — Mas nada é impossível.

— Liguem para o senador Palpatine — instruiu Padmé. — Talvez ele possa ao menos nos dizer quem foram os enviados.

O senador Palpatine estava disponível, mas sua imagem se desestabilizou antes que eles pudessem ter uma conversa real. Bibble imediatamente declarou aquilo que todos estavam pensando: uma invasão era iminente. Panás e o governador discutiram sobre como responder e, antes que pudessem tomar alguma decisão real, a decisão foi tomada por eles: as naves da Federação de Comércio já estavam aterrissando.

Não havia tempo suficiente para lançarem naves próprias. Os pilotos no hangar de Theed foram os primeiros alvos e o contato foi perdido imediatamente. As poucas naves que conseguiram decolar foram derrubadas antes que pudessem causar qualquer dano. Era apenas questão de tempo até que as tropas alcançassem o palácio.

Panás ordenou que todos se retirassem da sala do trono imediatamente: havia janelas demais e não era um bom lugar para se defender.

— Governador, recomendo que vá para seu escritório — instruiu Panás. — A guarda do palácio fará o possível para protegê-lo lá. Vossa Alteza, é hora de ir.

Bibble parecia aterrorizado, mas foi. Padmé seguiu seus guardas de volta para a suíte. Ela estava tão ocupada tentando calcular o tempo exato que levaria para arrombarem as portas do palácio que não percebeu o motivo de estarem indo para lá até um pouco antes de chegar. Então ela se virou e tomou a mão de Sabé.

— Qualquer coisa que tivermos de resolver vai ficar para depois — Sabé disse. — Desse ponto em diante, sou sua.

Foi um presente incrível. Padmé não achava que ela pudesse engolir seu orgulho desse jeito, e admirava Sabé tremendamente por isso. Essa era a razão, ela sabia, pela qual Panás havia recrutado Sabé, mas ainda era incrível de testemunhar.

A troca de lugares teria de acontecer mais rapidamente do que elas imaginavam. Sabé trocou sua túnica laranja por um vestido preto, todas as damas de companhia concentrando-se nela. Sozinha por um último momento precioso, Padmé se aproximou da janela do corredor. Os guardas deram espaço para ela pensar. Com o rosto solene, ela olhou para a cidade, memorizando a arquitetura ao mesmo tempo que os droides a destruíam, e fazendo promessas silenciosas que ela não tinha certeza se poderia manter.

Padmé limpou o rosto da rainha antes de vestir uma túnica. Certificou-se de que as damas de companhia se voltariam para Sabé, não para ela, em busca de orientação. Aquele era o teste real — a primeira vez que faziam aquilo quando havia um perigo real, pessoal.

Sabé as conduziu para o terraço, chamando os guardas para se juntarem a elas, e todos esperaram pelo inevitável.

Jar Jar Binks estava tendo uma tarde terrível. Sim, o desastre sempre o perseguia; mas, naquele dia, a galáxia parecia levar isso a extremos.

O acidente decerto fora culpa dele. Geralmente, o caos que causava acontecia mais por sua má sorte, mas dessa vez ele *realmente* havia feito bobagem. Forçado a deixar Otoh Gunga e com medo de ficar sozinho nas águas profundas, Jar Jar tomou aquilo que pensou que seria uma decisão muito esperta. Subiu até a superfície. Havia decidido que iria se virar lá em cima enquanto o Chefe Nass esfriava a cabeça, depois tentaria voltar. Nada que um pouco de tempo não pudesse consertar. Ele simplesmente ficaria longe por um tempo.

Não esperava que sua primeira semana em Naboo acima das águas incluiria uma frota de naves aterrissando no planeta. As naves eram feias; não havia nenhuma graciosidade em suas formas. Eram quadradas, marrons e simplesmente desagradáveis.

Além disso, elas depositavam grandes tanques flutuantes que não olhavam por onde passavam e não se importavam com quem atropelavam.

O lado bom foi que alguém salvou Jar, e esse salvador era um Jedi. Os Gungans eram um povo provinciano, mas sabiam quem eram os Jedi e, se alguma confusão fosse acontecer na superfície, Jar Jar estava em boa companhia. O lado ruim era que o Jedi e seu aprendiz queriam que ele os levasse para a cidade subaquática, apesar de Jar Jar ter *acabado* de ser banido de lá. Tinham até respiradores para que pudessem lidar com as profundezas junto com ele.

E *então* acabaram tendo de atravessar o núcleo do planeta. Aquele estava sendo o pior dia de todos os tempos.

Quando as bolhas do bongo se abriram no rio de Theed, Jar Jar achou que nunca havia ficado tão feliz em ver algo que não fosse água. Por toda a sua vida, ouviu as histórias sobre como o povo de Naboo não era civilizado, mas as construções que ele via indicavam que eles deveriam ser ao menos razoavelmente inteligentes. Os prédios eram até que bonitos, embora fossem retos e cheios de domos em vez de fluidos e curvados, e até havia algumas artes que ficariam bem em alguma exibição Gungan. O único problema era que a cidade estava coberta com mais daquelas naves marrons feias.

Quando conseguiram sair da água em segurança, tiveram de se mover cuidadosamente pela cidade para evitar as patrulhas de droides, algo que Jar Jar não era muito bom em fazer. Ele conseguiu manter suas trapalhadas ao mínimo, tropeçando apenas uma vez, e foi sobre uma pilha bem silenciosa de tapetes. Por fim, chegaram a uma pequena passarela sobre a rua, e o Jedi chamado Qui-Gon ordenou que parassem.

— Lá embaixo — ele disse.

Eles olharam cuidadosamente sobre a copa das árvores e viram uma estranha procissão. Vários droides escoltavam quase uma dúzia de pessoas vestidas com diversos uniformes. No meio estava uma pequena fêmea humana de vestido preto e maquiagem que Jar Jar teria reconhecido em qualquer lugar.

Os Jedi saltaram e atacaram os droides, e Jar Jar Binks os seguiu, direto para os braços do destino.

CAPÍTULO 18

— SOMOS CORAJOSAS, VOSSA Alteza.

A escolha dos Jedi não foi fácil, e tudo dentro de Padmé gritava para que ficasse com seu povo. Ela ainda não tinha certeza se deveria confiar em Qui-Gon Jinn, mas sabia que Panás provavelmente acabaria morto se ficassem, e o governador Bibble parecia pensar que ir até Palpatine era a melhor chance agora que haviam sido invadidos, e Padmé concordou.

Não poderiam todos embarcar na nave. O espaço era repleto de limites difíceis que nenhuma negociação inteligente poderia superar. Havia apenas um momento para escolher quem ficaria e quem partiria, e nem foi Padmé quem tomou a decisão final. Todos olharam para a rainha e Sabé declarou que eles partiriam para Coruscant. Yané tomou a mão de Saché e seguiu para ficar ao lado de Bibble. Não houve nem tempo para uma despedida. Precisavam chegar até o hangar e, a partir dali, foram só tiros de blaster e manchas de carbono até se livrarem do bloqueio.

Com Naboo desaparecendo atrás deles, Padmé e Sabé não conseguiam impedir a sensação de que estavam apenas começando a encontrar situações além de seu controle.

A primeira coisa que os droides fizeram foi escanear a todos. Foi praticamente indolor, exceto pela pequena picada do teste sanguíneo, e depois eles foram jogados em uma pequena casa no pátio onde foram capturados.

— Vocês ficarão aqui até serem designados — disse o droide que parecia estar no comando. — Qualquer tentativa de fuga será respondida com violência.

Saché não planejava fugir.

Ela e Yané se sentaram juntas. Vários dos guardas andavam inquietos de um lado a outro, mas as garotas estavam perdidas em pensamentos. Naquele exato instante, a rainha tentava furar o bloqueio e elas não teriam como saber se tinham conseguido fugir, a menos que os inimigos decidissem contar. Depois de meia hora, um droide veio com uma ordem para remover o governador Bibble e levá-lo de volta ao palácio. Ele saiu sozinho, e Saché só podia torcer para que ficasse bem.

Esperaram mais uma hora. Até o guarda mais inquieto parou de andar e se sentou. Yané chegou mais perto e, pela primeira vez, Saché não se importou. Ela não estava sozinha e, mesmo com seus sentimentos complicados, ao menos elas teriam uma à outra. Finalmente, a porta se abriu.

— De pé, humanos — o droide disse. — Venham comigo.

Eles foram escoltados através do centro de Theed e para dentro da praça do mercado. Tudo na praça havia sido destruído: as fontes, os bancos, as estátuas. Geralmente, o mercado fervia com vida e comércio, mas, no momento, os únicos sons eram o tilintar dos pés dos droides e vários barulhos que acompanhavam a rápida construção de uma pequena cidade de tendas.

— Vocês foram designados para o campo quatro — o droide informou. — Preparem-se para o encarceramento.

Foram conduzidos para uma das novas tendas e empurrados através de uma cortina. Dentro havia duas fileiras de camas e algo que parecia ser um banheiro coletivo aos fundos. Alguns guardas já estavam esperando lá dentro e Saché ficou aliviada por ver Mariek Panás entre eles. Mariek passou por todo mundo e olhou de perto para o rosto das duas.

— Ela conseguiu fugir? — ela perguntou, com a voz baixa.

— Dois Jedi nos encontraram — Saché sussurrou. — Se eles não conseguirem fugir do planeta, ninguém mais consegue.

Yané estava examinando a situação dentro da tenda com uma expressão séria. Era fácil ver que não havia camas suficientes. E ela duvidava que os droides fossem atender algum pedido. O mais cedo que Padmé poderia voltar era em três dias, e isso se tudo saísse perfeitamente bem na viagem, no Senado e na viagem de volta. Se levasse muito mais que uma semana, todos ficariam desconfortavelmente famintos e sedentos, a menos que a Federação de Comércio decidisse fazer algo para mantê-los vivos. A tempestade perfeita de falta de comida em Naboo e o bloqueio planetário ficaria ainda pior se também acontecesse uma falta de água. Era tempo de calor e o acampamento sem dúvida estava superlotado.

Mariek sussurrou com um jovem guarda de rosto largo e cabelos pretos. Ele assentiu e foi até a abertura da tenda. Claramente, ele fora destacado para ficar de vigia. Mariek fez um gesto para as garotas se aproximarem. Não sabiam até onde os droides podiam ouvir.

— O que vocês têm para relatar? — indagou Mariek. Ela percebeu que Yané vinha cuidando da logística.

— Ficaremos bem por alguns dias — afirmou Yané. — Mais do que isso, a comida vai se tornar um problema. Ainda não localizei uma fonte de água, mas havia quatro fontes aqui no mercado, então deve existir algo em algum lugar.

— Isso dá conta desta tenda — disse um guarda que Saché não reconhecia. — E quanto ao resto?

— Faremos uma análise quando terminarem de erguer tudo — Mariek disse. — Não adianta fazer o inventário enquanto os droides ainda estão movendo as coisas.

— Precisamos descobrir quantos acampamentos são — disse o guarda na entrada da tenda. Ele tinha uma voz agradável.

— Os droides disseram que este é o acampamento quatro — interveio Saché.

— Parece que estão concentrando as pessoas de acordo com seus trabalhos — disse o guarda na porta. — Todos que vi neste acampamento até agora vestiam algum tipo de uniforme do governo.

— Onde está Bibble? — Mariek perguntou.

— Eles o levaram de volta ao palácio — Yané disse. — Provavelmente querem que ele fique por perto caso precisem de alguém para enviar uma transmissão.

Fora da tenda, os barulhos da construção pararam. Mariek foi até a entrada e abriu a cortina. O mercado inteiro estava coberto com lona e ela podia ouvir o burburinho confuso dos cidadãos aterrorizados. Havia droides por toda parte, mas eles não pareciam se importar que seus prisioneiros andassem por aí, desde que ficassem longe dos limites estabelecidos no mercado com explosivos.

— Certo — Mariek disse. — O acampamento foi montado em um sistema de grade, o que facilita dividir em quadrantes. Veja se conseguem uma contagem de pessoas em cada área e uma ideia geral de quem está aqui, depois reportem. Ah, e também encontrem a fonte de água.

— E quanto aos droides? Não acha que devemos monitorar suas patrulhas e ver o que podemos descobrir sobre as defesas deles?

— Uma coisa de cada vez, sargento Tonra — respondeu Mariek. — Pessoas primeiro, depois vamos nos preocupar com os droides.

Saché começou a andar até a entrada da tenda, mas Mariek a pegou pelo colarinho e a puxou de volta.

— Não vocês duas — ela disse. Yané começou a protestar e Mariek ergueu a mão. — Sei do que são capazes. Preciso que encontrem uma maneira de registrar tudo sem que os droides notem. Vocês duas ficarão encarregadas de analisar toda a informação que juntarmos para descobrir o que podemos fazer.

Com isso, ela os deixou. As duas damas de companhia ficaram olhando uma para a outra por um momento.

— Por favor, diga que você vestiu a roupa de baixo hoje de manhã — Yané disse. O tecido cor de fogo estava incrivelmente limpo, embora isso parecesse menos importante agora. Para combater manchas de suor, Yané havia projetado um traje íntimo com seda Karlini laranja. Mas às vezes as garotas não o usavam, pois acrescentar uma camada extra era quente demais.

— Eu vesti — Saché disse.

— Ainda bem — comentou Yané, puxando sua túnica por sobre a cabeça. — Vou precisar das suas roupas.

Ninguém achava que limpar as manchas de carbono de um droide era algo divertido, mas Padmé não se importava. Valia a pena ter uma razão para ficar nas partes mais movimentadas da nave, em vez de ficar presa junto com a rainha. Era por isso que Sabé tinha dado a ela esse trabalho, embora Padmé soubesse que sua dublê achava aquilo profundamente engraçado. Todas elas foram contratadas porque conseguiam fazer várias coisas ao mesmo tempo, afinal de contas, e, se deixassem o desespero dominá-las, estariam realmente encrencadas.

Padmé esfregou o metal por um tempo antes de perceber que não estava sozinha. O Gungan, Jar Jar Binks, até que parecia simpático. Ela nunca havia encontrado um Gungan antes e duvidava que

Jar Jar representasse toda sua raça mais do que Padmé representava a dela, mas um aliado era um bom começo.

— O que você acha, garoto? — ela perguntou para o droide que havia salvado a vida de todos dentro da nave. Falou baixo o bastante para Jar Jar não ouvir. — Assim que terminarmos de libertar nosso planeta da Federação de Comércio, acha que a rainha deveria tentar fazer as pazes com os Gungans? Eles certamente se lembrarão dela se ela conseguir isso.

O astromec azul emitiu uma série de bipes que pareciam uma afirmação, e Padmé sorriu para ele.

— Certo, então — ela disse. — Vou acrescentar isso na lista.

Não era nada pessoal, mas Sabé estava começando a realmente odiar Tatooine. O planeta era seco e, mesmo com o controle de ambiente dentro da nave, Sabé podia jurar que sentia o gosto da areia na boca. A pior parte era que ela precisava usar aquele enorme vestido preto e podia apenas observar enquanto Rabé e Eirtaé ajudavam Padmé vestindo os trajes mais simples que elas tinham: calças azuis e uma túnica.

— Vocês acham que o Jedi percebeu? — Sabé perguntou. — Supostamente, eles conseguem sentir as coisas.

— Tenho certeza de que o Mestre Qui-Gon está perto de perceber — Padmé disse. — Mas não deu nenhuma indicação de que vai nos impedir.

— Ele pode fazer isso quando você se lançar ao perigo — Rabé disse.

Nenhuma das damas de companhia estava particularmente satisfeita com o plano de Padmé e cada uma delas tinha certeza de que Panás o rejeitaria. Padmé insistiu que ele fosse consultado mesmo assim.

Já que isso envolvia ficarem sozinhas com ele em uma nave lotada, foi preciso um pouco de trabalho, mas não havia tempo para discussões.

— Obviamente, não estou satisfeito por estarmos aqui — disse Panás, quando ela lhe perguntou. — Mas você me contou o plano antes de seguir em frente e agradeço por isso.

— O Jedi pode descobrir — Padmé disse.

— Podemos confiar na discrição dele depois — comentou Panás. — E entendo o motivo de você querer ver isso pessoalmente. Eu me sentiria da mesma maneira, se estivesse no seu lugar. Eu me sinto, na verdade, mas não tenho como voltar para casa mais cedo sem você, então o que estou tentando dizer é: por favor, tome cuidado, mas eu aprovo.

— Alguém está na rampa — Eirtaé disse, lembrando-lhes a urgência do momento. — É melhor nos apressarmos.

Elas soltaram o cabelo de Padmé, sem tempo de terminar de prender suas tranças. Sabé pensou em um milhão de coisas para dizer, mas não conseguiu encontrar as palavras. Ela queria pedir desculpas, queria fazer as pazes, mas elas nunca pareciam ter tempo. Tudo o que podia fazer era aceitar seu lugar, como sempre tinha feito.

— Vou tomar cuidado — Padmé prometeu. — Tentem se manter ocupados enquanto eu estiver fora. Vai fazer o tempo passar mais rápido.

— Eu queria bater um papo com aquele astromec, mas eles o levaram junto — Eirtaé reclamou.

— Veja se consegue fazer o piloto preparar um simulador de voo — Padmé sugeriu. — Isso não consumiria muita energia.

As garotas se animaram com a ideia de ter algo para fazer, mas Sabé ainda buscou a mão de Padmé quando ela passou por perto.

— Vou tomar cuidado — Padmé prometeu outra vez, apenas para os ouvidos de Sabé.

— É bom mesmo — Sabé disse. — Essa peruca coça muito e não quero vestir isso para sempre.

Era quase como se tudo estivesse normal.

Havia quase três mil pessoas amontoadas na praça do mercado, todas seguranças ou funcionárias do palácio. Ninguém da cozinha estava presente, o que era alarmante, mas os droides distribuíram rações quando o sol se pôs, e isso era melhor que nada. Mariek e o sargento Tonra se juntaram e prepararam uma agenda de tarefas, já que não podiam dormir todos juntos. Yané e Saché compartilhavam uma cama.

— Desculpe — Yané disse. Não havia nenhuma bagagem para arrumar, então elas simplesmente ficaram sentadas em um silêncio embaraçoso sobre as pilhas de tecido que Yané já havia juntado. — Sei que isso a deixa desconfortável.

— Eu nunca... — Saché hesitou. Então mordeu os lábios e continuou. — Eu nunca tive que passar tanto tempo com alguém que... quer dizer, eu queria agir de modo profissional.

— Entendo completamente — Yané disse a ela. — Mas é muito bom, enfim, poder falar disso abertamente.

— Eu preferia que não fosse no meio de uma invasão. Mas é, sim.

Yané passou a tarde desfiando seda. Embora Saché tivesse feito o possível para ajudar, Yané machucou as mãos no processo. A pressão repetitiva dos fios de seda deixou cortes vermelhos na pele macia entre seus dedos. Ela os limpou o melhor que pôde e os deixou expostos, porque as únicas ataduras que tinham já estavam sendo usadas. Empurrou o colchão fino da cama, expondo o estrado de metal, e enrolou um terço dos fios por toda a extensão, da cabeça ao pé da cama.

— Não é exatamente um tear — ela disse quando terminou. — Mas vai servir.

Ela pôs de volta o colchão na cama, cobrindo seu trabalho, e empurrou o resto da seda para baixo da cama. Também não era um esconderijo muito bom, mas aquele era o momento para fazer o melhor possível.

— Vamos tecer um código com o resto dos fios — ela explicou enquanto as duas tentavam dormir. Ambas estavam exaustas pelos eventos do dia, mas o sono não vinha. — Será algo simples, como o velho código de comunicação que aprendemos como um jogo de memória na infância. Algo que as pessoas vão entender e que passará batido pelos droides. E, por ficar debaixo do colchão, sempre estará escondido, se alguém entrar na tenda.

Era uma boa ideia, melhor do que qualquer coisa que Saché houvesse pensado. O chão de pedra era duro demais para raspar e não tinham nenhum giz, muito menos algum dispositivo pessoal.

— Está com medo? — Yané perguntou. — Você mal abriu a boca.

— Não tenho muita coisa para falar — Saché respondeu. — E, sim, estou com medo. Não sei o que aconteceu com minha família ou meus amigos, e ainda não sabemos se a rainha conseguiu fugir do planeta. Eu apenas... às vezes gosto de ficar em silêncio, só isso.

— Eu sei — falou Yané. — É uma das coisas que gosto em você.

Saché corou. Em seus doze anos, nunca havia falado tão abertamente sobre seus afetos.

— Sei que você gosta de resguardar seus sentimentos — Yané continuou. — Não temos muita privacidade e eu respeito a sua. Mas queria que você soubesse. Eu gosto sim de você.

— Também gosto de você — Saché disse, tão baixo que só o colchão ouviu.

Em um mundo coberto de areia, com dois sóis escaldantes, um garotinho tirou os olhos de seu trabalho e viu um anjo.

CAPÍTULO 19

SACHÉ ESTAVA SENTADA PERTO da frente da tenda, vigiando tudo enquanto Yané trabalhava, quando os Neimoidianos chegaram. A situação no acampamento se deteriorara rapidamente. Havia uma distinta falta de saneamento e nunca havia água potável suficiente. Ninguém havia ficado doente ainda, mas era apenas questão de tempo. Como esperado, os estoques de comida na cidade estavam acabando e a Federação de Comércio não tinha pressa alguma em distribuir seus próprios recursos. Yané vinha tecendo sem parar desde que Mariek começara a receber relatórios, e logo ela teria um mapa completo e a rotação dos guardas costurados com seda debaixo de sua cama.

Saché tossiu duas vezes, um sinal combinado previamente, e ouviu o colchão caindo de volta no estrado antes de respirar de novo. Ela não olhou para trás. A cortina da tenda foi aberta bruscamente e um droide entrou.

— Você vem comigo — ele disse. Saché foi.

Fora da tenda havia três Neimoidianos. Dois deles ela reconhecia do momento inicial em que Amidala fora capturada. Atrás, parecendo muito abatido, estava o governador Bibble. Ele se animou consideravelmente quando viu que Saché não estava ferida.

— Vocês de Naboo dizem que têm muito orgulho e que cuidam muito bem de suas crianças, mas esta aqui estava no palácio quando nós atacamos e agora ela está aqui. Isso é culpa sua. — Nute Gunray não ganhava nenhum respeito à medida que continuava falando. — Você dirá para sua rainha que não consegue proteger nem mesmo uma única criança em sua ausência?

O droide colocou sua mão de metal sobre o pescoço de Saché. Ela sabia exatamente como uma disputa entre plastaço e vértebra humana terminaria, então não se mexeu. Saché imaginou como seria ficar realmente com medo e forçou lágrimas em seus olhos para ser mais convincente. Mariek apareceu do nada atrás dos visitantes, com Tonra ao seu lado, mas não havia nada que pudessem fazer.

— Direi a minha rainha qualquer coisa que você quiser — disse Bibble. Seus olhos se moviam entre Gunray e Saché, e ela sabia que as palavras dele eram destinadas a ela. — Posso garantir que ela não vai assinar o tratado.

— Diga para a rainha que a contagem de mortos é catastrófica — instruiu Saché. Ela usou um tom de voz mais agudo que o normal. Havia uma boa chance de que os Neimoidianos achassem que ela era mais jovem do que realmente era, e enganá-los para pensarem que estava aterrorizada não seria tão difícil. Ela conseguiu mais algumas lágrimas antes de o droide a soltar. Então caiu de joelhos e achou que até Rabé ficaria impressionada com sua atuação.

— Aí está, governador, está vendo? — Gunray disse. — Acha que Amidala é tão fria a ponto de ignorar isso? O seu povo ainda nem começou a *realmente* morrer e essa pobre criança já está aterrorizada. Venha, vamos terminar nossa visita pela instalação, depois enviaremos uma mensagem para a sua rainha.

Eles se retiraram, os passos do droide de escolta fazendo barulho no chão de pedra. Assim que dobraram a esquina, Saché se levantou e limpou os joelhos. Sua túnica já começava a cheirar mal e não havia razão para piorar. Tonra olhou para ela com uma considerável admiração.

— Eu disse a você que elas são boas — falou Mariek. — Entrem, vocês dois.

Yané esperava por eles dentro da tenda e jogou os braços ao redor dos ombros de Saché.

— Ah, sei que não havia motivo para ter medo — ela disse. — Mas fiquei tão preocupada.

— Estou bem — Saché disse a ela. — Bibble vai enviar uma mensagem para a rainha. Isso significa que eles sobreviveram!

— O que exatamente a rainha vai ouvir nessa mensagem? — Mariek perguntou, depois de claramente ter lido nas entrelinhas da conversa, embora ninguém mais tenha feito o mesmo. — Não acho que alcançamos níveis catastróficos ainda.

— *Contagem* é uma das nossas palavras de alerta. Eirtaé calculou que essa palavra não aparece muito frequentemente em conversas normais, então, quando ela ouvir, Amidala saberá que a mensagem vem de mim ou de Yané. Ela saberá que estamos vivas e que estamos fazendo o máximo possível, e saberá que deve continuar com sua missão.

— Acho que Eirtaé não esperava que fôssemos usar isso sob essas circunstâncias — Yané acrescentou. — Mas o capitão Panás queria que ficássemos preparadas, então... nós nos preparamos.

— Quando escreverem a história oficial desta era, espero que deem algum crédito a vocês — Mariek disse.

— A questão é que somos anônimas — objetou Yané. — Essa sempre foi a ideia.

Eles foram até os fundos da tenda e tiraram o colchão da cama. Yané explicou como havia tecido as informações na seda. Já que Mariek e Tonra haviam aprendido os velhos códigos de comunicação quando eram crianças, enxergaram o padrão imediatamente. O trabalho final mostrava não só a rotação da guarda, mas também a localização de cada lugar onde havia uma fonte, todas as entradas para o sistema de esgoto e cada gerador de energia que eles conseguiram localizar.

— Precisamos distribuir isso para as outras tendas — Mariek disse. — A rainha vai voltar em algum momento e precisará de nós. Precisamos estar prontos para fugir, se conseguirmos, ou, no mínimo, ajudar, se formos resgatados.

— Se eu tivesse mais material, poderia tecer um pedaço de pano com a rotação da guarda — Yané disse. — Isso seria suficiente, não acha?

— E eu poderia distribuir enquanto ela trabalha — emendou Saché. — Os Neimoidianos já acham que sou uma criança assustada, e os droides nunca olham para mim duas vezes.

Eles passaram mais meia hora planejando os detalhes daquilo que Yané deveria tecer. Ficou decidido que qualquer plano de fuga precisaria ser mantido em segredo. Eles eram em sua maioria soldados, afinal de contas, e soldados sabiam seguir ordens. O tecido conteria apenas a rotação da guarda e Saché daria instruções verbais para memorizarem a informação e depois destruir o tecido.

— Ainda bem que vocês duas estão conosco — Mariek disse quando terminaram de planejar e Tonra saiu para tentar encontrar mais tecidos.

Saché entendia o sentimento, mas ainda podia sentir os dedos de metal frio em seu pescoço, e não conseguia realmente concordar.

— É mentira — disse o jovem Jedi. — Não envie resposta.

Ele se retirou da sala com pressa, sua túnica marrom esvoaçando dramaticamente, e a porta se fechou atrás dele.

— Bom, é *claro* que é mentira — explodiu Rabé. — Ele acha que somos idiotas?

— Ele acha que estamos escondendo coisas — Eirtaé disse. — E ele está certo.

O rosto de Sabé estava começando a coçar debaixo da maquiagem. Ela nunca tinha passado tanto tempo como a rainha. No palácio, elas usavam a mistura que Yané havia preparado, mas as tintas estocadas na nave eram de marca genérica e Sabé não gostava muito delas. Era uma coisa ridícula da qual reclamar, ela sabia, mas também era o seu *rosto*, então não havia como evitar. Fazer papel de rainha estava começando a lhe dar nos nervos.

Além disso, a nave estelar podia ser chamada de real, mas tinha um estilo militar, o que tornava ir ao banheiro um pesadelo de logística.

Ela só queria sair e respirar ao ar livre, mesmo que fosse quente e cheio de areia. Panás havia proibido, e também houve uma tempestade de areia — nem Sabé estava tão desesperada. Ela não gostava de ser a pessoa no centro das atenções. Mesmo com Rabé e Eirtaé sabendo quem ela era, as duas ainda precisavam tratá-la como a rainha sempre que alguém estava por perto, e aquele distanciamento era perturbador.

Era assim que Padmé se sentia o tempo todo, Sabé percebeu. Por mais perto que as outras damas de companhia chegassem, assim que a maquiagem era colocada, os muros se erguiam, e Padmé tinha de confiar que, quando os muros caíssem outra vez, todos ainda gostariam dela. Foi por isso que o interesse de Harli em Sabé havia perturbado tanto Padmé: essa distância que Sabé não conseguia evitar mais do que a coceira em seu rosto.

— Acha que devíamos ter dito a ele o que a mensagem realmente queria dizer? — Sabé perguntou.

— Não — Eirtaé respondeu. — Não tenho certeza se ele acreditou em você e, de qualquer maneira, não é da conta dele. Ele está aqui para negociar: seu mestre foi muito claro quanto a isso. Não pode interceder.

Elas permaneceram no silêncio de seus pensamentos por um tempo, cada uma evocando diferentes medos sobre o que estava acontecendo no planeta que elas tinham deixado para trás. As duas sabiam que seriam levadas para processamento e que provavelmente acabariam em algum campo de realocação. A velocidade com que os acampamentos foram erguidos significava que provavelmente não seriam muito confortáveis, e droides não eram conhecidos por sua consideração pelas fragilidades humanas. Ao menos o clima estava ameno.

— Fiquei feliz em saber que elas estão bem — disse Eirtaé. — Quando ouvi a palavra, quase ri de tanto alívio.

— Entendo exatamente o que você quer dizer — emendou Sabé.

— E se Saché sabia que Bibble enviaria a mensagem, então isso significa que elas sabem que também estamos bem — acrescentou Rabé. — Ao menos, se compararmos.

— Panás disse que devemos ter a peça ao final do dia de amanhã, ou então nunca vamos conseguir a tal peça — Sabé disse a elas. — O Mestre Qui-Gon vai participar de algum tipo de evento cultural amanhã de manhã. Ele foi vago quanto aos detalhes, mas parecia achar que conseguiria cuidar de tudo.

— Os Jedi são bons, mas prefiro quando somos *nós* manipulando as pessoas — Rabé disse.

— Concordo — acrescentou Sabé. — Quando Padmé voltar, vamos ver o que podemos fazer quanto a isso.

Mesmo quando Sabé usava o rosto da rainha, ainda era de sua natureza buscar os conselhos de Padmé. Era algo de que sentia falta desde que discutiram depois do concerto, e era algo que ela queria muito restaurar. A galáxia parecia conspirar contra elas nesse sentido, mas Sabé estava determinada. Se não conseguisse encontrar tempo, ela simplesmente criaria esse tempo.

Padmé estava completamente acordada e se sentia péssima por causa disso. Qui-Gon e Jar Jar, ambos afirmando gostar de acordar cedo, haviam se voluntariado para dormir no chão da sala de estar da casa de Shmi Skywalker. Shmi foi junto de seu filho para o pequeno quarto dele e cedeu sua cama a Padmé. Era o máximo de hospitalidade que Shmi podia oferecer, mas a cama era tão dura e a noite do deserto tão seca que Padmé não conseguia dormir.

Depois de uma hora tentando não se revirar na cama, ela se levantou para beber água. Padmé passou cuidadosamente pelo Gungan que roncava no chão da cozinha. Depois de limpar o copo e guardá-lo na prateleira, seus olhos haviam se acostumado com a escuridão o suficiente para ela enxergar o contorno do Mestre Qui-Gon, dormindo de lado na porta da casa, como se fosse proteger a todos de qualquer coisa que entrasse.

Do outro lado da cozinha, uma luz vazava debaixo de uma porta fechada. Padmé ouviu suaves sons vindo do outro lado e imaginou se Anakin havia se levantado para mexer em algum de seus projetos. Ele realmente deveria estar dormindo, então Padmé abriu a porta para checar.

— Precisa de alguma coisa? — Era Shmi Skywalker, não seu filho, debruçada sobre a mesa com as partes de vários dispositivos espalhadas na sua frente. Ela estava trabalhando em algum tipo de tela.

— Eu não queria interromper — Padmé respondeu. — Achei que Anakin tivesse levantado porque estava nervoso.

Shmi riu baixinho.

— Não, meu filho dorme como uma pedra antes de uma corrida — ela admitiu. — Sou eu quem fica de pé a noite toda preocupada com ele. E por que você está acordada?

Padmé hesitou. Ela já havia passado vergonha na frente de sua anfitriã quando mencionou a escravidão, mas isso não era motivo para não continuar sendo honesta.

— Estou acostumada com outro tipo de cama — ela disse diplomaticamente. — Está demorando para eu me ajeitar.

— Você pode ficar aqui comigo, se quiser — ofereceu Shmi. — Só estou tentando consertar essa tela para poder usar na corrida amanhã.

— Eu ficaria feliz.

Elas não conversaram muito depois disso. Padmé ficou observando enquanto os dedos hábeis de Shmi remontavam a tela, cada peça se encaixando tão facilmente que ela parecia estar fazendo mágica. Era relaxante do mesmo jeito que assistir a um artista, e Padmé percebeu que aquilo era apenas arte de um tipo diferente. Em dado momento, ela se sentiu calma o bastante para tentar dormir de novo e deu boa-noite para Shmi.

Quando puxou as cobertas sobre o corpo, a mente de Padmé acelerou. Ela sempre soube que a galáxia era um lugar complicado, mas ver, cheirar, *viver* a galáxia a fazia entender o quanto ela era tola e privilegiada. Tinha seus próprios problemas no momento, e eram enormes — muito maiores do que ela. Não podia se deixar distrair por um planeta que nem mesmo era o seu. Porém, seu coração se apertava por aquela boa mulher e seu filho generoso, e ela sabia que seria sempre assim.

O escritório do senador Palpatine no edifício do Senado da República era bastante comum. Havia uma janela alta e uma vista decente de Coruscant. Ele não conseguia ver o Templo Jedi, e era muito grato por isso. Havia decorado a sala com várias obras de arte que havia comprado em suas viagens quando jovem, cada peça escolhida com cuidado, apesar do fato de que os museólogos provavelmente achariam que aquilo era apenas uma coleção de sucata. O efeito geral era profissional e apenas intimidador o bastante para que raramente tivesse de hospedar reuniões em seu próprio escritório. Ele não queria incentivar visitas.

Enquanto aguardava a chegada da comitiva real, não tinha muita coisa para fazer. O Senado estava em um impasse sobre questões com que ele não se importava, embora tivesse escrúpulos para comparecer às votações, e ele não poderia fazer mais nenhum movimento sem a presença da rainha. Restava apenas olhar seu catálogo de arte, passando pelas várias obras que havia armazenado porque não tinha onde colocar.

Ele congelou a tela em uma estátua preta. À primeira vista, mal era esculpida e não merecia muita atenção. Mas, se você conhecesse a história de Yonta Prime, e êle conhecia, você saberia que a superfície profundamente preta da estátua absorvia luz melhor do que quase qualquer outra substância na galáxia. Era uma de suas peças favoritas. Ele nunca teve espaço para mantê-la em qualquer outro lugar que não fosse seu depósito.

Ele mediu seu escritório mentalmente. Não, seria impossível. A estátua o faria parecer um colecionador descuidado que não se importava com a ordem desde que a obra o agradasse. Ele se recusava a ceder à bagunça.

É claro, havia um escritório onde a obra cairia muito bem. Ficava alguns andares acima, e Palpatine estava de olho nesse escritório havia algum tempo.

Ele arranjou para que a estátua fosse empacotada e enviada para sua residência em Coruscant. Ela ficaria ali por algum tempo, depois ele teria todo o espaço de que precisava para exibi-la.

CAPÍTULO 20

— Vou conversar com os Gungans — disse Padmé.

Sabé ainda estava empolgada demais depois de ver Padmé derrubar o governo da República Galáctica naquela tarde, depois de pedir um voto de não confiança no chanceler Valorum, então ela não tinha certeza se ouvira direito.

— Você vai fazer o quê? — disse ela, passando um pente nos cabelos de Padmé da maneira mais delicada que podia.

As damas de companhia estavam arrumando as malas com as várias roupas que Padmé precisou usar naquele dia, enquanto Sabé vestia a rainha com seu vestido de viagem e o ornamento de cabeça, ambos púrpura, e retocava a maquiagem dela. Aquele fora um dia muito cheio, e elas teriam de se contentar com o sono durante o hiperespaço. Sabé ficou contente por fazer essa viagem usando roupas normais.

— Vou conversar com os Gungans — Padmé repetiu. — Jar Jar me contou que eles têm um exército, pouco antes da volta do senador Palpatine. Vou pedir que nos ajudem.

Sabé pensou um pouco. Elas foram avisadas de que os Jedi também retornariam a Naboo, mas havia apenas dois deles, e as forças de segurança de Naboo eram pequenas. Os Gungans também viviam no planeta, afinal de contas. A Federação de Comércio não os ignoraria para sempre. Era possível que já tivessem sido descobertos.

Panás ficaria feliz com mais tropas, principalmente se não fossem tão pacifistas quanto as de Naboo.

— Acha que Panás vai concordar com você voltando para Naboo como a rainha? — Sabé perguntou. — Você vai correr perigo e teremos que abandonar a nave quando aterrissarmos. Não vamos conseguir trocar de lugar.

— Vamos trocar antes de aterrissar — Padmé disse. — Vou lhe dizer o que quero falar com eles.

Os dedos de Sabé se apertaram sobre o pente. Ela havia fingido ser a rainha na primeira visita real, no encerramento da conferência e na viagem até Coruscant como parte da segurança de Padmé, mas um encontro com os Gungans era um passo político enorme para todo o povo de Naboo.

— Você foi maravilhosa na visita e perfeita durante a conferência — disse Padmé. — Foi tão perfeita que cobriu o meu erro quando Harli me flagrou, em vez de explicar a ela o que aconteceu. Você sempre correrá mais perigo e esse sempre será o seu trabalho, mas... eu confio em você. Confio muito em você.

— Mas você é a rainha. Eu não entendia isso realmente até a tempestade de areia, o quanto você fica isolada e como transforma isso em influência. Eu apenas me senti solitária, mas você sempre encontra maneiras de fazer conexões.

— Você é tão qualificada para o trabalho quanto eu. Se quisesse concorrer nas próximas eleições, acho que se sairia muito bem.

— Não — Sabé disse. — Eu não me sairia.

— Como assim? Não há nada que eu possa fazer e você não.

— Existe uma diferença crucial entre mim e você. Você comanda, e eu sigo ordens.

Padmé não respondeu, então Sabé continuou.

— Sabe por que o capitão Panás me recrutou? — ela perguntou, meio que retoricamente. — Não foi por causa de exercícios de respiração. Nós nos parecemos muito, mas existem incontáveis meninas de cabelo castanho na galáxia. Ele me escolheu porque acha que sou a melhor na única coisa que sempre fui a melhor, que é *não ser a melhor*.

— Você não é... — Padmé começou a dizer.

— Não, eu sou. — Sabé a interrompeu. — Sou boa em várias coisas. Eu trabalho muito e consigo resultados, mas nunca sou a melhor. E eu achava que já tinha aceitado isso, até Harli olhar para mim como se eu fosse especial. E, sim, sair com ela foi divertido e eu queria que ela me beijasse, mas aprendi algo importante naquela noite.

— Não sair escondida do palácio? — Padmé perguntou.

— Não seja boba. — Sabé deu a volta na frente de Padmé para checar seu cabelo. — Essa foi a melhor parte. O que aprendi era que prefiro ficar em segundo para você do que em primeiro para qualquer outra pessoa.

Confessar seus sentimentos foi como tirar um peso do peito de Sabé. Levou muito tempo para ela entender aquilo, para colocar em palavras o que sabia dentro de seu coração. E, agora, ela fez isso. Ela queria voar.

— Posso mandar você rumo à morte — Padmé disse.

Sua voz saiu tão baixa que Sabé mal conseguiu ouvir. Ela tomou as mãos de Padmé.

— E eu aceitaria.

— Não posso ser tão dedicada a você.

— Eu sei — Sabé respondeu.

Um longo silêncio cresceu entre elas, mas não foi constrangedor. As duas sabiam em que pé estavam.

— Então — falou Sabé. — Os Gungans.

Ela separou o cabelo de Padmé e começou a trançá-lo em preparação para o ornamento.

— Sim — Padmé disse. — É uma pena que não sabemos muita coisa sobre eles.

— Bom, sabemos que o Jar Jar é uma exceção. Isso é um começo.

— Estive pensando na conferência, em como convidei pessoas de todo o setor e ninguém da espécie que compartilha nosso próprio planeta — continuou Padmé. Sabé percebeu pelo seu tom de voz que ela estava pensando alto e não a interrompeu. — De muitas maneiras, é um problema ainda mais complicado de resolver.

— E você vai começar pedindo ajuda a eles. Isso não vai facilitar as coisas.

Sabé endireitou o ornamento na cabeça de Padmé e virou a cadeira para uma checagem final na frente.

— Quando você falar com eles, acho que seria uma boa ideia ser o mais formal possível — acrescentou Padmé. — Queremos que saibam que têm o nosso respeito.

— Você quer dizer o respeito da rainha? — Sabé perguntou.

— Sim. Podemos trabalhar o resto depois.

Sabé tomou as mãos de Padmé e a ajudou a entrar na roupa de baixo de seda púrpura. Ela selou todas as costuras e depois ergueu as peças de veludo escuro no lugar. Uma vez amarradas, ela dobrou o tecido mais pesado para revelar lampejos de cor.

— E se você conversar com Jar Jar mais algumas vezes enquanto eu observo? — Sabé sugeriu. — Quero dizer, observo como uma dama de companhia. Você poderia fazer perguntas a ele sobre a cultura Gungan. Você tem uma ideia melhor do que precisamos saber.

— Não precisamos trocar de lugar até chegarmos a Naboo. Então, sim, acho que isso pode funcionar.

Sabé fez uma última inspeção na rainha. Atrás dela, as outras tinham quase terminado de arrumar as malas.

— Esse é um assunto diferente, mas tenho que perguntar — Sabé disse. — Como se sentiu quando derrubou o chanceler?

— Eu não diria que foi isso que aconteceu — objetou Padmé. — Faz parecer que eu fomentei uma rebelião aberta. Eu só... tirei vantagem dos procedimentos parlamentares enquanto discursava no plenário.

— Você derrubou o chanceler.

— Eu queria que você tivesse visto. — Padmé parecia triste. — Tantas pessoas de toda a galáxia, e tudo que conseguiam fazer era ficar discutindo. Eu disse a eles que nosso povo estava sofrendo e eles queriam que esperássemos o envio de um comitê até o setor Chommell para checar. Estavam mais preocupados em votar de acordo com suas alianças do que em ouvir os problemas e tentar encontrar soluções. Foi caótico, e o chanceler Valorum não fez nada. Absolutamente nada.

— Acha que um chanceler novo vai ser melhor?

— Não tive tempo de pesquisar todos os candidatos. Obviamente eu confiaria no senador Palpatine, e ele parece genuinamente gostar dos outros. Acho que de qualquer maneira as coisas sairão a nosso favor.

— Mas não em tempo para Naboo. Independentemente do que acontecer no senado, estaremos sozinhas.

— Isso vai impedir que a Federação de Comércio tente de novo — Padmé disse com firmeza. — Com a gente ou com qualquer outro planeta.

Sabé duvidava mais do caráter do Senado da República do que Padmé, mas era por isso que Padmé fazia coisas como concorrer ao cargo de rainha do planeta. Ela acreditava no sistema, mesmo enxergando suas falhas. Ela sempre tentava consertá-las. E Sabé a ajudaria, pois era isso que havia escolhido fazer.

— Os Jedi vão nos encontrar na plataforma? — Sabé perguntou. Ela achava difícil acompanhar as horas em Coruscant. Havia muita luz ambiente.

— Sim — afirmou Padmé.

— Sei que estamos todas preocupadas, mas espero que você encontre tempo para dormir durante a viagem, e eu também preciso dormir um pouco — falou Sabé. — Se vou ser a rainha de novo, vou precisar do meu descanso.

Padmé riu, como Sabé pretendia. Foi uma tentativa fraca de humor, mas deu certo. A situação era difícil, mas elas não podiam se desesperar.

— Posso fazer uma pergunta estranha? — indagou Padmé.

— É claro — Sabé respondeu.

— Você notou alguma diferença na maquiagem?

Apesar de tudo, Sabé também se desfez em risadas.

Seu mestre lhe ordenara que fosse direto para Naboo, então direto para Naboo ele foi. Os Neimoidianos que o receberam no palácio haviam feito de tudo para ele se sentir bem-vindo. Levaram--no até um quarto, e ele os ignorou.

Em vez disso, ele espreitou pelos corredores do palácio. Era um lugar bonito, cheio de cores vivas, mesmo sob a luz do nascer do sol. Explorou o palácio de cima a baixo, procurando todos os pontos de acesso. Sabia que teria uma luta adiante; seu sangue cantava com a sensação de alerta. E ele estava determinado a escolher a arena dessa luta.

O hangar perto do Palácio Real era o lugar mais provável para uma força invasora atacar primeiro. Ele não se deu ao trabalho de dizer isso aos Neimoidianos. Eles perceberiam sozinhos, ou não. Não importava para ele.

O que realmente importava era a série de corredores que levava do hangar até as instalações de geração de energia. Havia dois

Jedi, o que significava que eles tinham a vantagem de atacá-lo de múltiplas direções ao mesmo tempo. Ele queria uma maneira de remover algumas dessas direções, e o labirinto de passarelas e passagens desprotegidas na área do gerador era perfeito para isso. Sempre saberia de onde eles vinham.

Aos fundos da instalação, havia uma série de campos de força que se abriam e fechavam com um temporizador. Aquele lugar seria seu objetivo final. Ele teria uma boa chance de separá-los se os enfrentasse naquele local, e tinha certeza de que poderia lidar com eles por tempo suficiente para atraí-los até ali.

Esperou os campos se abrirem e então correu através deles até se fecharem de novo. A sala do outro lado não era perfeita para um duelo — nenhuma sala com um buraco no meio daquele tamanho seria perfeita —, mas serviria, ele decidiu. Sim, serviria bem.

Ele ativou os dois lados de seu sabre de luz e o girou, acostumando-se a sentir as lâminas tão perto das paredes. Seria um lugar apertado. Ele seria capaz de usar toda sua força física. Seu mestre não aprovava tantos socos e chutes em seu estilo de luta, mas não havia nada melhor do que sentir ossos quebrando sob seu toque. Um sabre de luz era bom, mas nada se comparava com usar as próprias mãos.

Ele deu um salto voador e facilmente passou por cima da abertura no chão. Considerou por um segundo onde aquilo daria, então decidiu que não importava. Logo enfrentaria os Jedi ali e soltaria todo seu ódio contra eles. Estava ansioso por isso.

Seu comunicador emitiu um sinal e ele o ativou, embora não tivesse desejo algum de falar com qualquer palerma da Federação de Comércio. Mas seu mestre ordenou que não atrapalhasse seu plano.

— Milorde — disse o vice-rei. — A nave real foi detectada em nosso sistema. Ela conseguiu furar o bloqueio e aterrissou em uma área do planeta com uma densa floresta. Enviamos tropas para recuperar a nave, mas é provável que a rainha e sua comitiva já tenham se evadido. Gostaria de procurar por eles?

Era tentador. Ele gostava de uma boa caça. Mas ele havia escolhido aquele lugar como seu campo de batalha e não queria desistir agora.

— Não — ele respondeu. — Deixe que venham até nós.

DETERMINAÇÃO

— VOCÊ CONTINUA VOLTANDO *aqui.*

Panás não viu as pernas da garota até ela falar, então quase tropeçou nelas.

— É um prédio público — ele disse. — Posso ir e vir quando quiser.

— É um prédio público que está sendo usado para receber uma oficina de atores — ela disparou de volta. — Para garotas.

Aquilo estava começando a ficar embaraçoso.

— Estou recrutando — ele disse a ela.

— Estamos no meio do feriado. As Forças Reais de Segurança fazem o recrutamento no fim do semestre. Ninguém avisou sobre nenhuma mudança no calendário.

Ele não se deu ao trabalho de perguntar como ela sabia que ele fazia parte das Forças Reais. Tinha a sensação de que não gostaria da resposta.

— Os seus instrutores sempre avisam quando o calendário vai mudar? — ele perguntou.

— Não. Mas sempre dizem coisas na minha frente. Ninguém presta muita atenção em mim.

Depois de quase tropeçar nela, Panás não podia negar.

— A garota que você fica recusando é a melhor escolha — ela disse.

— Como é? — Panás perguntou. Ele estava começando a se acostumar a lidar com crianças prodígio diariamente, mas aquilo estava exigindo muito de seus nervos.

— Você fica olhando para ela e fazendo uma cara de quem queria que algo fosse diferente, depois volta a olhar para todas as sopranos de cabelo castanho — a garota continuou. — Escolher uma loira seria uma vantagem.

Era verdade que a candidata de que Panás gostava mais na oficina tinha cabelos loiros. Ela parecia não gostar muito de atuar, apesar do quanto era difícil ser aceita no programa, e parecia estar se dedicando mais à construção do cenário. As outras atrizes designadas a trabalhar como contrarregras estavam profundamente ofendidas, mas ela parecia ter escolhido aquilo.

— Qual é a vantagem? — ele perguntou.

— Se você apenas escolher garotas que se parecem com ela, ela nunca poderá mudar de aparência sem se destacar — a jovem respondeu.

Panás se encostou na parede baixa de pedra e a observou, avaliando-a.

— Quem é você? — ele perguntou. — Não vi você no palco essa semana.

— Meu nome é Sasha — ela disse. — Eles não me deram um papel e esqueceram de me nomear como contrarregra, e eu nem queria estar aqui, para começar, então estou tirando essa semana para aprender mais sobre como as pessoas funcionam.

— Acho que você está se saindo bem. Mais ninguém descobriu o que estou fazendo, e venho trabalhando faz uma semana. Meu nome é Panás.

— Venha assistir ao espetáculo hoje — convidou Sasha. — Você poderá vê-la em ação.

— É mesmo? Que tipo de ação uma cenógrafa faz durante a peça?

Sasha sorriu.

— Ela disse a eles várias vezes o que estão fazendo de errado. Eles não ouviram nada.

Ele tinha de admitir que ela havia despertado sua curiosidade.

— E quanto a você? — ele perguntou. — Deve ter notado que se parece com ela.

Sasha considerou brevemente, depois sacudiu a cabeça.

— Sou pequena demais. Estou aqui porque meus pais pensaram que me forçar a falar em público seria bom para mim, mas nem mesmo isso conseguiu me colocar em cima do palco. Você precisa de pessoas que conseguem chamar atenção e desaparecer no ambiente. Eu consigo apenas me esconder.

— Você chamou minha atenção — disse Panás.

— Só porque falei primeiro com você. Eu sempre me sento aqui e essa foi a primeira vez que você me viu.

— E você me deu um excelente conselho — Panás replicou. — Você escolheu o momento e tirou vantagem disso.

A garota olhou para ele solenemente e puxou os joelhos até o queixo. Ela apertou os lábios enquanto considerava aquilo. Ele gostava que ela estivesse tomando seu tempo para pesar suas opções. Ela sabia o que estava em jogo, ou pelo menos suspeitava fortemente, e ela não diria sim simplesmente por uma questão de ego. Ela se certificaria de que seria de fato necessária.

— Certo, capitão — ela disse. Não ficou surpreso por ela já saber a patente dele. — Eu vou com você. Quando partimos?

— Amanhã, provavelmente. E imagino que seremos três.

— Vou arrumar minhas coisas. Você já tem uma mentira preparada para meus pais? Eles vão querer saber onde estou depois de desaparecer de Theed.

— Diga a eles que você acompanhará um oficial do governo — respondeu Panás. — É mais ou menos a verdade. E diga que tudo mais é confidencial.

— Está bem. Vejo você à noite, capitão.

Ela se levantou com a graciosidade de uma dançarina e entrou no prédio.

Panás olhou para a alcova onde ela estava sentada. Era um bom lugar para ficar: dava boa visibilidade do terreno e era protegido do vento e do sol. Se ela passava muito tempo ali, e ele achava que sim, ela poderia juntar muita informação. Ela podia ser pequena, mas suas contribuições para a segurança da rainha não seriam.

A palavra pequena *flutuou em sua mente por um momento, enquanto ele observava a alcova. Era maior do que ele pensava. Definitivamente grande o bastante para que, se ela se sentasse de costas para a parede, suas pernas não alcançassem a escada.*

Ela o fez tropeçar de propósito e depois o manipulou para que oferecesse a posição que almejava. Panás saiu para o palácio, rindo consigo mesmo. Sasha se encaixaria perfeitamente.

CAPÍTULO 21

SACHÉ ESTAVA EM SUA décima volta pelo acampamento quando foi flagrada.

— Você aí, pare — disse o droide, e Saché parou. O pano dobrado no bolso de sua túnica laranja desgastada queimava contra sua perna. — Vire-se.

O droide não estava sozinho. Era um esquadrão de seis, em patrulha. Desde que o encarceramento havia começado, as patrulhas de droides se tornaram mais frequentes, e seus métodos, mais violentos. No dia anterior, três pessoas tinham sido mortas por tentar roubar comida nas tendas da Federação de Comércio, e as rações foram cortadas para todos como resultado.

Houve uma briga na tenda de Saché quando um guarda acusou outro de estocar comida. Mariek e Tonra os separaram o mais rápido possível. Ninguém queria que os droides os ouvissem. Mariek colocou os dois guardas para limparem a latrina. As latrinas originais já haviam transbordado havia muito tempo, e trocá-las era punição suficiente por uma briga na tenda. Mas havia limites para o que Mariek podia fazer, então eles estavam apenas esperando a próxima briga.

— Suas ações são desnecessárias — disse o droide. — Você não tem motivo para ficar vagando pelo acampamento. Explique-se.

— Não gosto de ficar confinada dentro da tenda — Saché respondeu. — Eu só estava tentando me exercitar um pouco.

— Humanos são criaturas de hábito — disse o droide. — Se estivesse se exercitando, você faria a mesma rota. Mas você não faz. Explique-se.

— Eu estava apenas olhando ao redor. — Saché tentou soar o mais infantil possível, embora os droides não tivessem demonstrado qualquer indicação de que se importavam com sua idade.

O droide inclinou a cabeça como se estivesse escutando ou calculando algo.

— O seu comportamento foi marcado como suspeito — o droide disse. — Você virá conosco.

Não adiantava fugir. E Saché lembrava-se muito bem da sensação de plastaço contra seu pescoço para pensar em resistir. Tentou não estremecer quando os droides a cercaram e iniciaram uma marcha forçada. Seguiram na direção do escritório do mercado, que os droides haviam transformado em uma estação de processamento e um pequeno escritório para a Neimoidiana que supervisionava as operações no acampamento.

O sargento Tonra estava entre duas tendas, com uma expressão alarmada no rosto. Saché não olhou para ele. Ele se virou e desapareceu antes que os droides pudessem dizer alguma coisa, e Saché sabia que a notícia de sua captura chegaria até Yané e Mariek assim que ele conseguisse atravessar o acampamento.

Os droides a levaram para dentro da sala e apertaram sua formação ao redor dela até Saché só conseguir enxergar torsos de metal.

— Saiam do caminho, seus imprestáveis — ordenou a supervisora Neimoidiana. — Como posso interrogá-la, se não consigo vê-la?

Saché pensou em algumas maneiras, mas era melhor não sugerir. Os droides na sua frente deram um passo para o lado, movendo-se em perfeita sincronia.

— Crianças humanas são tão pequenas — a supervisora disse.

— Ainda estou crescendo — Saché disse a ela. — Tenho doze anos.

— Sei. — A supervisora relaxou em sua cadeira. — Por favor, sente-se.

Saché não baixou a guarda e se preparou para aproveitar qualquer vantagem que encontrasse. A cadeira era alta e seus pés ficaram pendurados, mas ela se acomodou.

— Meu nome é Usan Ollin. Como sabe, sou a encarregada deste acampamento. Fiquei surpresa por descobrir que você está sendo colocada em perigo.

— Estou? — Saché perguntou. Ela deixou seus olhos se arregalarem o máximo que podia e fez a voz sair aguda e um pouco sem fôlego.

— Os humanos adultos estão conspirando contra nós — Ollin disse. — E estamos sendo muito atenciosos desde que nossa visita começou. A sua rainha e seus comparsas são responsáveis por essa situação. Ela podia colocar um fim nisso a qualquer momento.

— Eu sei — Saché disse. Era sempre melhor misturar o máximo de verdade possível. — Mas por que estou em perigo? Vamos ter falta de comida?

— Bom, provavelmente — Ollin admitiu. Ela sacudiu a cabeça. Ela disse algo que não deveria. — Mas não é por isso que você está em perigo. Os adultos estão usando você, minha querida, para levar mensagens.

— Eles estão? — Saché ficou de queixo caído. — Eu só queria me exercitar um pouco.

— Temo que sim — Ollin disse. — E você está com grandes problemas, a menos que me conte quais são essas mensagens.

— Mas eu não sei. — Saché fingiu ser o mais inocente e vulnerável que conseguia e torceu para que a linguagem corporal dos

Neimoidianos fosse semelhante. Ela lembrou que eles faziam muitas caretas e encolhiam os ombros.

— Eles pensaram que eram muito espertos — Ollin disse. — Colocaram a informação em pequenos pedaços de tecido. Encontramos um na noite passada e tem outro no seu bolso agora mesmo. Nossos droides vão desvendar o código em algum momento. Mas, se me contar, vou deixar você ir.

Os droides não conseguiriam desvendar. O motivo de usarem o velho código dos comunicadores era que as crianças o aprendiam através de um jogo de memória completamente independente da tecnologia. Era como uma equação impossível de ser resolvida ou uma pegadinha lógica sem solução. Nenhum computador conseguiria desvendar sem ajuda orgânica.

— Eu não sei — ela repetiu. Ela se encolheu o máximo que podia.

— Quem deu o tecido para você? — Ollin perguntou.

— E-eu não lembro — Saché gaguejou. — Fico no meio de tantos estranhos e ninguém quer conversar comigo. É tão difícil distinguir quem é quem nos uniformes.

— E quanto à outra garota, aquela que se veste como você? — Ollin disse. — Minhas fontes dizem que vocês eram criadas no palácio. Ela também é uma estranha?

— Nós trabalhamos juntas. Mas eu não a vejo muito. Temos funções diferentes.

Ollin parecia suspeitar, mas permitiu aquelas duas verdades e uma mentira. Ela se inclinou para a frente.

— Criança, é muito importante eu saber o que dizem essas mensagens. E acho que você sabe mais do que está me contando. Vou perguntar de novo. Para o seu próprio bem, diga quem deu as mensagens para você.

Saché não disse nada. O momento de blefar havia acabado.

— Então você não me dá escolha — Ollin disse. Ela apertou um botão na mesa e os droides voltaram para dentro da sala. — A câmara de interrogatório já está pronta, soldado?

— A construção está completa — o droide respondeu. — A energia foi ativada. Ainda não testamos as instalações.

— Então tenho uma cobaia para você — Ollin disse. Duas mãos de droides se fecharam sobre os ombros de Saché e a arrancaram da cadeira. — Vou enviar as questões para a sua base de dados. Não pare até ela contar alguma coisa.

Saché fez com que eles a carregassem para fora da sala, embora ela duvidasse de que suas pernas fossem apoiá-la por mais do que alguns passos, de qualquer maneira. Seu cérebro estava tentando se manter calmo, mas o corpo não obedecia.

Aquilo provavelmente iria doer.

O sargento Tonra invadiu a tenda sem se anunciar ou dar a senha. Yané jogou um punhado de fios de tecido no ar e tentou esconder o colchão. Mariek se jogou sobre ele sem pensar, os dois caindo no chão, quase batendo na quina da cama mais perto da porta.

— Sou eu! — ele disse, e Mariek o soltou.

— O que aconteceu? — Yané perguntou. Tinha que ser ruim para o sargento ignorar todos os protocolos de segurança que eles haviam combinado.

— Os droides levaram Saché para a sala da supervisora — Tonra disse. Yané se sentou pesadamente na cama.

— Eles sabem? — Mariek perguntou. Pela primeira vez desde que foram presos, ela parecia realmente com medo.

— Não sei.

— Não importa se eles sabem. Se suspeitam o bastante para levá-la sob custódia, eles querem informações.

— Saché não vai ceder — Mariek disse. — Ela é esperta o bastante para lidar com uma Neimoidiana.

— Eles construíram uma sala de interrogatório depois das execuções de ontem. Eles trouxeram equipamentos durante toda a noite. Ninguém conseguiu chegar perto o bastante para ver quais eram essas máquinas, mas nosso pessoal ouviu os droides conversando sobre isso.

Yané soltou um som como o de um nuna ferido. As damas de companhia não foram treinadas para aguentar dor física. Não havia motivo. Nem a paranoia do capitão Panás chegava a esse ponto. Mas não era só. Yané não queria que Saché se machucasse por *nenhum motivo*. Sendo treinada ou não.

— Vamos nos aproximar o máximo que conseguirmos — Mariek disse. — Se ficarmos aqui, vamos ficar loucos pensando nisso.

Os rumores no acampamento já estavam correndo soltos quando Yané terminou de esconder tudo e eles saíram da tenda. Os guardas e funcionários do palácio circulavam ao redor, sabendo que algo ruim havia acontecido, mas sem ter os detalhes. Alguns viram Yané sozinha e juntaram as peças, mas uma única olhada para Mariek era suficiente para silenciar qualquer pergunta. Era muito importante que todos continuassem agindo normalmente tanto quanto fosse possível.

Droides se alinhavam no perímetro do escritório do mercado, colados ombro a ombro, como se esperassem um ataque a qualquer momento. Seus blasters estavam de prontidão. Outros droides circulavam pelo acampamento, cada patrulha de seis marchando ritmicamente e certificando-se de que ninguém saísse da linha. A tensão no ar era palpável. Yané a sentia pesando nos ombros.

Era a pior coisa que já sentiu. Saché precisava de ajuda, e tudo que ela podia fazer era esperar e torcer.

Os gritos começaram depois de cerca de vinte minutos, e todos os humanos no acampamento congelaram. Saché tinha uma voz muito discreta. Eles estavam acostumados a fazer esforço para ouvi-la, a chegar mais perto para entender melhor, porque a maioria das coisas que ela dizia era importante. Os gritos não eram nada discretos. Eram horrivelmente agudos e cortavam o ar com tanta ferocidade que Yané não sabia se Saché estava tendo a chance de respirar. Continuou por vários horríveis minutos, e então parou.

O intervalo não durou muito. Eles devem ter perguntado algo e ela não deve ter respondido, ou não acreditaram na resposta. De qualquer modo, o resultado foi o mesmo e mais gritos preencheram o ar. Yané queria vomitar. Queria tapar os ouvidos. Queria ela mesma gritar para bloquear os sons terríveis. Mas não fez nada disso. Ela apenas podia testemunhar o que Saché estava fazendo.

— Vou me entregar — Tonra disse. — Vou dizer que...

— Não — Mariek o interrompeu. — Se alguém vai fazer algo heroico, esse alguém sou eu.

Yané teve uma horrível premonição em que contava a Panás sobre a morte de sua esposa e isso a tirou de seu estado de choque.

— Não — Yané ecoou. Ela usou a voz da rainha sem pensar e os dois guardas imediatamente ficaram de prontidão. O tom de autoridade em sua voz foi inesperado e absoluto. — Você não vai fazer nada.

— Precisamos fazer alguma coisa — Mariek protestou. — Ela está gritando.

— Se ela ainda está gritando, então ainda não deu a eles o que querem. — Lágrimas escorriam dos olhos de Yané. Ela amava Saché e não podia ajudá-la a lutar contra a dor. — Ela está lutando muito para manter nossos segredos, e está ganhando até agora. Ela sabe que tudo que precisa fazer para aquilo acabar é contar o que eles querem saber, e ela está escolhendo não contar. Não vamos desfazer essa escolha dela.

Mariek tomou as duas mãos dela e as apertou.

— Você está certa — ela disse. — Odeio admitir, mas você está certa.

— Ela só precisa aguentar mais um pouco — disse Yané. — Em algum momento, eles pensarão que ela entregou tudo que sabe.

As palavras eram mais para seu próprio conforto, mas dizê-las em voz alta a fez se sentir melhor. Os gritos pararam, interrompidos como uma porta se fechando. Todos respiraram fundo e se permitiram pensar que havia acabado.

Mas não havia.

Suas veias, pele e ossos queimavam, e sempre que o fogo se apagava, o droide pedia que ela traísse seus amigos. Ele falava com muita calma e dava argumentos lógicos. Diga o que eles querem saber e o fogo ficaria longe. Ela ficou tentada. Muito tentada. Aqueles poucos momentos quando o fogo se extinguia se tornaram o centro de sua galáxia.

Mas não havia escolha. Saché selecionava seus amigos todas as vezes. E o fogo continuava queimando.

CAPÍTULO 22

MARIEK OBSERVAVA YANÉ ENROLANDO as mãos de Saché com as tiras de tecido pelas quais ela sofrera tortura, e fervia de raiva. Os droides a soltaram depois de três horas de questionamento, durante as quais ela não entregara nada de útil, até que Usan Ollin decidisse que ela realmente era tão ignorante quanto afirmava. Saché havia caminhado da sala de interrogatório até a linha de droides que protegia o escritório do mercado com suas próprias forças, mas isso havia exigido os últimos resquícios de energia que tinha. O sargento Tonra a carregara pelo resto do caminho até a tenda.

Ela estava consciente e não parecia sentir mais dor. Dispositivos de tortura eram geralmente programados dessa maneira para que as vítimas permanecessem no limiar entre a dor e o alívio, sem nunca cair em um estado de aclimatização. Seu corpo estava coberto por lacerações cauterizadas, linhas vermelhas nas mãos e no rosto e, presumia-se, no resto do corpo, sob a túnica laranja quase totalmente arruinada.

— Eu consigo me sentar — Saché disse com determinação, afastando as mãos de Yané e se erguendo para se sentar na beira da cama.

Sob as marcas, ela estava pálida. Seus olhos estavam avermelhados e a voz, rouca, como se os droides a tivessem arrancado diretamente de sua garganta. Mas seu rosto estava resoluto.

— Quem vai levar as últimas mensagens? — ela perguntou.

— Tonra vai cuidar disso — Mariek disse a ela. — Ele já saiu com a primeira. Vamos mandar o resto nas próximas horas com pessoas diferentes.

— Preciso voltar lá — disse Saché.

— Não vou deixar você se arriscar em entregas outra vez! — objetou Yané. Sua insistência estridente surpreendeu a todos.

— Não vou levar nada comigo. Vou apenas andar aleatoriamente pelo acampamento e os droides vão ficar de olho em mim.

— E se eles prenderem você de novo? — Yané perguntou.

— Bom, não terei nenhuma evidência incriminatória no meu bolso dessa vez, então isso é um começo. — A piada não funcionou. — Serei uma distração. Eles ficarão ocupados me vigiando, querendo saber o que seria tão importante para eu já estar de pé e andando por aí, e não vão olhar para mais ninguém. Você sabe que estou certa.

— Eu sei — Yané sussurrou. Ela terminou de enrolar as mãos de Saché e prendeu a parte solta do tecido para que a atadura não se abrisse. Saché olhou para as mãos.

— Você não precisa disso para terminar o seu trabalho? — Ela ergueu as mãos.

— Não — disse Yané. — Temos mais.

Yané procurou debaixo do colchão e tirou os últimos quatro pedaços de tecido com as mensagens. Ela os entregou para Mariek, que assentiu e saiu em busca de Tonra. Yané encontrou um pequeno cantil de água para Saché. Eles não tinham muita, principalmente com o corte das rações, mas Saché estava precisando.

— Desculpe, mas acho que não temos nada para a sua garganta — ela disse.

Saché bebeu lentamente. Sentiu-se um pouco melhor.

— Ah. A supervisora disse que vamos ter falta de comida. Ela mencionou isso e depois pareceu se arrepender. Nossa linha do tempo está certa.

— Tomara que a rainha volte logo — comentou Yané. — Ou envie algum grupo para nos resgatar.

— Teria que ser um grupo bem grande — Saché comentou. A tentativa de humor ficou presa em sua garganta e ela tossiu, estremecendo. — Preciso ir. Preciso ter certeza de que Tonra vai conseguir realizar o trabalho.

Yané sabia que não adiantava tentar convencê-la do contrário, ou mesmo perguntar se podia ir junto. Ela não havia saído muito da tenda desde sua chegada e era importante continuar com o comportamento que os droides achariam normal enquanto havia tanta coisa em jogo.

— Tome cuidado — foi tudo que ela disse.

Saché lhe deu um rápido abraço e depois se levantou da cama. Seus músculos protestaram, mas isso não a impediria. Com um pé depois do outro, ela andou até a entrada da tenda e saiu.

Era a mesma caminhada pelo acampamento de sempre, para dizer a verdade. Não olhou para ninguém e passou longe das patrulhas dos droides, encolhendo-se sempre que encontrava um. Entrou aleatoriamente em tendas, erguendo a mão pedindo silêncio quando encontrava outros prisioneiros. Ela circulou de volta para Yané, ficou com ela por meia hora, depois saiu de novo.

Levou três horas até os droides pararem-na pela primeira vez.

— Humana — disse o droide. Saché estremeceu, dessa vez de verdade. O droide fez um gesto para um de seus companheiros. — Revistem.

Saché aguentou. As mãos de metal buscaram em seu corpo, revirando seus bolsos e procurando saliências debaixo da túnica. Não encontraram nada e a deixaram ir. Os passos de Saché não tinham mais firmeza, mas ela conseguiu dobrar uma esquina antes de as pernas falharem. Mesmo então, sentada no chão de pedra, não deu voz ao grito que sentia começando a ferver em seu estômago desde que o droide a tocara. Respirou fundo, apoiou o corpo nos joelhos, depois se levantou e continuou andando.

Os droides a pararam mais três vezes antes de o sol se pôr e o toque de recolher começar. Em todas as vezes, foi uma luta entre vontades dentro do peito de Saché: a vontade de gritar e a vontade de ficar em silêncio. O silêncio venceu, e ficava mais fácil sempre que os droides eram forçados a liberá-la. O último droide, o mesmo soldado que a havia detido pela manhã, a enviou de volta para a tenda ao anoitecer.

Yané esperava por ela na entrada e a puxou para um abraço assim que entrou. Mariek também a abraçou e Tonra apertou seu ombro de leve para não machucar mais suas queimaduras. Yané a puxou para os fundos da tenda e a deitou no colchão. Pela primeira vez naquele dia, Saché se entregou ao vazio.

Aquele era o traje real mais simples no guarda-roupa da rainha. Sabé conseguiu vesti-lo sozinha, exceto pelo largo cinto, que fechava nas costas. Padmé fechou-o para ela, determinada a fazer tudo o que podia para proteger a amiga ao mesmo tempo em que a enviava para o perigo.

— Vai ter perigo suficiente para todo mundo — disse Sabé, adivinhando o que Padmé estava pensando.

— Eu não queria uma guerra, mas aproveitei a primeira chance que tive para lutar — Padmé respondeu. — Vou até tentar recrutar um exército. Não gostei da hipocrisia do Senado, mas no fim sou a mesma coisa.

— De jeito nenhum. Você está defendendo o seu planeta em um momento de desespero, e está sendo muito, muito deliberada quanto aos passos que toma. Não há nada vergonhoso ou hipócrita nisso.

Padmé ajudou Sabé a vestir o casaco e estreitou as linhas das mangas.

— Quer revisar alguma coisa? — Padmé perguntou. — Podemos repassar o seu discurso se quiser.

Sabé respirou fundo e olhou para si mesma no espelho. O ornamento de cabeça já estava no lugar. Só faltava calçar as botas resistentes.

— Acho que estou pronta — Sabé disse. — Estou nervosa, mas vou fazer você se orgulhar de mim.

Padmé tomou a mão dela e apertou.

— Eu sei que vai. Aconteça o que acontecer, sei que vai.

— Estou pronta para você, Padmé — Rabé disse, do outro lado da sala. Ela e Eirtaé estavam vestidas em tons dourados e marrons, assim como Padmé, e ambas já haviam terminado seus penteados.

Padmé se sentou e deixou Rabé arrumar o cabelo. Não havia muita coisa que Eirtaé pudesse fazer para defesa em tão pouco tempo, mas Rabé havia pegado um material que absorvia concussões, usado como forro de um dos vestidos da rainha, e o usou para prender o cabelo de todas elas. Não adiantaria para impedir um tiro de blaster, mas daria alguma proteção contra um golpe forte ou algum destroço que caísse sobre elas, e isso era melhor do que nada.

— Estamos prestes a sair do hiperespaço. — A voz do piloto Ric Olie soou através do sistema de comunicação da nave. — Preparem-se para evacuar após a aterrissagem.

Havia mais dois vestidos marrons separados, com presilhas de cabelo prontas para serem usadas. Nenhuma das jovens disse nada sobre isso, mas todas ainda tinham esperança.

Panás atravessou o sistema de esgoto de Theed até alcançar o cano que levava para uma das fontes na praça do mercado. Ele não conseguiu fazer o reconhecimento que queria. Já que aterrissaram e evacuaram a nave real tão rapidamente, ele tinha poucos recursos disponíveis. Conseguiram apenas realizar rápidas varreduras do planeta quando se aproximavam da superfície, e foi assim que descobriu que havia um campo de prisioneiros atrás dos muros da cidade. Ele esperava que esse campo contivesse as pessoas que estava procurando.

Havia alguns obstáculos que ele precisava remover, todos criados para manter as pessoas *dentro*, não fora. O sistema de esgoto de Theed era a única parte da infraestrutura do planeta completamente gerida por droides — por uma questão de saúde — e, portanto, ficava inundado o tempo todo. Havia drenos de emergência em cada junção, mas podiam apenas ser ativados sequencialmente, começando pela estação de tratamento de esgoto fora da cidade. Isso explicava o motivo de ninguém no acampamento ter tentado usar os túneis para escapar. A situação podia não ser confortável; mas, se não estavam se arriscando tanto, então significava que não era tão desesperadora ainda.

Subiu a escada e depois estendeu um sensor através da tampa de um bueiro. Estava escuro, mas ele não tinha ideia do que encontraria. Pelo menos, daquele jeito, conseguiria evitar os droides.

Não havia ninguém na rua. Panás testou a força da tampa do bueiro. Era feita de pedra, presa no lugar por uma saliência esculpida. Tudo que precisava fazer era empurrar para o lado, e começaria a se mover. Movê-la para o lado sem fazer muito barulho seria o desafio.

Ele se apoiou nos degraus, se preparou debaixo da tampa e depois empurrou. A tampa se moveu para cima e ele se esforçou para se erguer em um degrau e ter mais apoio. Quando passou pela abertura, apoiou-se de costas para mover a tampa até o chão. Doeu tremendamente, e ele ficou muito feliz por estar usando seu casaco de couro. Depois de um momento angustiante, durante o qual ficou equilibrado na ponta dos pés, inclinado de costas com um grande peso no pescoço, o centro de gravidade se moveu para o chão em vez de para a abertura do esgoto, e ele respirou aliviado.

Ele subiu para fora e depois reposicionou a tampa. Não sabia quanto tempo passaria ali, e não seria nada bom se os droides descobrissem sua rota de fuga. Ele atravessou o acampamento, com o chapéu cobrindo o rosto, até ver, do lado de fora de uma tenda, uma guarda que ele reconhecia. Ela estava sentada, tentando consertar sua bota, mas ele percebeu que ela estava vigiando algo. Ele sorriu.

A guarda do palácio na frente da tenda de Mariek ficou muito surpresa quando viu seu comandante.

— Capitão! — ela disse, lembrando no último segundo que precisava manter a voz baixa. Ela se levantou rapidamente. — Como você...

A expressão no rosto dele a silenciou. Os detalhes não eram importantes no momento. Com uma curta saudação, a guarda ergueu a cortina da tenda e ele entrou.

Panás só tinha olhos para uma pessoa.

— Estou tão feliz por você estar bem — ele disse quando Mariek congelou de surpresa e depois se jogou em seus braços. — Fiquei sabendo que as garotas também estão aqui?

— Sim — Mariek respondeu. Ela o apertou mais uma vez e depois o soltou. — Elas estão bem.

Saché acordou no meio da agitação e se aproximou para dizer oi. Ela certamente não parecia estar bem, e Yané parecia preocupada com ela, mas Panás confiou no julgamento de sua esposa, por enquanto.

— Não podemos sair todos juntos — Mariek disse assim que Panás explicou que havia liberado os túneis do esgoto para uma fuga. — É impraticável, vai arruinar o elemento surpresa.

— Quantas pessoas você acha que podemos levar sem os droides perceberem? — Panás perguntou. — Precisamos dar prioridade aos pilotos, se vamos deixar pessoas para trás.

— Algumas dezenas, talvez — Tonra respondeu. — Se dividirmos entre as tendas, isso pode nos dar mais algumas pessoas.

— Como podemos coordenar isso? — Panás disse.

— Já começamos, capitão — Yané respondeu. — Cada tenda tem um mapa do acampamento e o horário da rotação dos guardas. As pessoas só precisam de uma direção e ordens para iniciar.

Ele olhou para ela e Saché, depois para Mariek.

— Mais tarde eu explico — sua esposa intercedeu. — Temos que nos mover.

Já que sua tenda perderia as pessoas que levariam a mensagem em uma viagem só de ida para acionar os outros grupos, ficou decidido que apenas Mariek, Tonra, Yané e Saché iriam com Panás. Os mensageiros foram enviados, e Panás liderou o caminho de volta ao bueiro que havia usado anteriormente. Eles esperaram pelo primeiro grupo de fugitivos e então quatro deles ergueram a tampa juntos. Foi bem mais fácil assim. Ele enviou Mariek na frente, com Yané e Saché, depois ficou com Tonra até todos que estavam fugindo na primeira onda terem descido pelo bueiro. Quatro guardas do palácio ficaram para trás para recolocar a tampa no lugar, uma decisão de último minuto da qual Panás não gostava, mas seus subordinados insistiram. Então, com seus rastros encobertos da melhor maneira possível, a fuga começou.

Saché andava, embora estivesse exausta e só quisesse voltar a dormir. Não havia promessa de descanso em seu destino, mas de jeito nenhum ela ficaria no acampamento mais tempo do que o necessário. Não queria nunca mais ser parada por droides.

Eles saíram do esgoto através de uma grade que dava em um dos muitos lagos de Naboo. Vários landspeeders esperavam ali, e Panás os levou de volta para onde o grupo da rainha estava. Panás contou a elas sobre o plano de conversar com os Gungans e como precisavam esperar a volta do emissário. E então Saché viu listras douradas que decoravam os trajes das damas de companhia no meio do escuro e soube que estava realmente segura. A rainha manteve alguma distância, é claro, mas Padmé estava perto o bastante para dar uma boa olhada nelas.

Saché percebeu que ela tinha centenas de perguntas e provavelmente alguns pedidos de desculpa, mas agora não era momento para nada disso. Quando Padmé estendeu os braços, Saché hesitou por um momento — ciente demais de seu próprio cheiro —, depois envolveu os braços ao redor dela.

— Estou tão feliz — falou Padmé. — Tão feliz.

Eirtaé e Rabé também a abraçaram. Saché queria rir e chorar ao mesmo tempo. Era possível que finalmente estivesse entrando em choque. Ela e Yané lavaram o rosto no lago e prenderam o cabelo. Depois de se limparem o melhor que podiam, vestiram o uniforme de combate marrom e dourado que as outras também usavam. Sabé tomou suas mãos, o que era o máximo que podia fazer enquanto usava o rosto da rainha. Elas estavam juntas de novo, e Padmé Amidala tinha um plano.

A Federação de Comércio não tinha a menor chance.

CAPÍTULO 23

No momento em que Padmé deu um passo à frente, Sabé teve a certeza de que havia fracassado. Seu objetivo supostamente sempre tinha sido colocar-se entre a rainha e o perigo, e não apenas ela havia fracassado em sua tarefa como também ficou ali parada de queixo caído, enquanto Padmé tomava a frente. Era seu momento, e ela deixou que escapasse entre os dedos.

Elas praticaram o máximo que podiam. Sabé estudou Jar Jar, e ela e Padmé ensaiaram muito o que dizer. Sabé nunca estivera tão nervosa em sua vida como no instante em que se apresentou para falar diretamente com o Chefe Nass, e ela sabia ter desempenhado com perfeição tudo o que havia preparado.

E não foi suficiente. Padmé intercedeu e mudou o roteiro. Foi brilhante, é claro, mudar tão rapidamente quando percebeu aquilo que o Chefe Nass de fato queria ouvir, mas também fez com que ficasse exposta na frente de todos, e isso era algo que Sabé deveria evitar a qualquer custo.

Queria ter permanecido de joelhos, mas é claro que teria de se levantar. Quando Padmé se levantou, sorrindo com a aprovação do Chefe Nass, Sabé fez o mesmo. Pelo menos agora ela poderia tirar a maquiagem e o vestido da rainha.

— Não foi culpa sua — Padmé disse. Ela se aproximou do tronco onde Sabé estava sentada, algo longe da realeza. Finalmente sendo ela mesma, podia relaxar. — Você fez exatamente o que planejamos.

— E não foi suficiente — Sabé retrucou. — Eu poderia ter sido melhor. Se eu fosse mais como você, eu teria enxergado que não estava funcionando e chegado à mesma conclusão que você. Eu poderia ter falado da mesma maneira com ele.

— Mas não seria verdadeiro. E, naquele momento, nós precisávamos da verdade.

— Na maior parte do tempo, não me importo de ser a segunda melhor — Sabé disse. Ela olhou para Padmé e viu o rosto da amiga, não a compreensão desapontada da rainha. — Você é convidada para todas as festas sofisticadas e raramente precisa falar em público. Nunca existe qualquer pressão sobre você. É assim que é ser Amidala. Eu apenas tento ser você e isso é tudo de que as pessoas vão se lembrar. Mas, às vezes, sei que eu poderia ter feito melhor e, quando finalmente entendo como, já é tarde demais. Odeio isso. Sinto que fracassei com você.

— E eu sinto que fracassei com você — Padmé replicou. — Apenas preparamos um discurso. Eu deveria ter sido mais flexível quando estávamos nos preparando.

Sabé se endireitou.

— Eu não tinha pensado nisso desse jeito — ela admitiu.

— É da nossa natureza culparmos a nós mesmas, eu acho. Isso com certeza é uma semelhança entre nós duas.

— Quer trocar de roupa? — Sabé perguntou. — Vai ter que ser rápido.

— Não dá tempo. O capitão Panás quer sair imediatamente. E, mesmo se tivéssemos tempo, preciso que você seja a rainha mais um pouco. Temos que retomar a sala do trono e, se você puder ser uma distração, temos que usar essa vantagem.

Sabé assentiu, um pouco decepcionada. A manobra da dublê era excitante, mas, depois de desempenhar o papel por tanto tempo, queria voltar a ser ela mesma. Era ridículo colocar seus desejos pessoais em primeiro lugar diante de circunstâncias tão sérias, mas não podia evitar.

— Sabé — Padmé disse com seriedade. — Você pode morrer.

— Eu sei. Isso sempre fez parte do trabalho.

— Mas desta vez é pra valer. Antes, se viesse a acontecer, morreríamos todas juntas, em uma explosão da nave real ou algo assim. Mas você estará sozinha. Estará exposta. E você será Amidala.

— Eu sei.

— Eu queria ter a nobreza de dizer que não vou ordenar que faça isso. Mas também seria covardia, e você merece coisa melhor do que me deixar transformá-la em mártir.

— Eu agradeço — Sabé disse. Era estranho falar sobre aquilo em voz alta depois de pensar tanto no assunto, mas era muito libertador ouvir Padmé dizendo as palavras. — Minhas mãos são suas.

E sempre foram.

Gregar Typho não estava em Theed quando a invasão começou. Suas férias começaram assim que a conferência acabou, então ele foi para casa. Seu tio e sua tia, Quarsh e Mariek Panás, deveriam ter feito o mesmo alguns dias depois, supondo que seu tio tivesse sido persuadido a deixar a rainha, mas é claro que isso não aconteceu.

Em vez disso, Typho passara à Ocupação no acampamento três, que continha principalmente civis presos nos dormitórios da Universidade Montanha Gallo. Saneamento e água fresca não eram problema, mas houve falta de comida quase imediatamente, e Typho dividia seu tempo entre proteger sua família e ter certeza de que as crianças no acampamento tinham o máximo de comida que ele conseguia encontrar.

A Federação de Comércio não havia se dado ao trabalho de escanear os dormitórios antes de instalar os prisioneiros, pensando que todos que tinham alta educação em Naboo fossem artistas ou filósofos. Typho conseguiu quase imediatamente encontrar um transmissor ainda operante e definiu turnos para pessoas em quem ele confiava monitorarem os canais de comunicação para o caso de alguém conseguir furar o bloqueio. À medida que seus colegas prisioneiros enfraqueciam com a falta de comida, ele mesmo assumiu alguns turnos, e foi ele quem estava de prontidão nas primeiras horas da manhã quando o chamado finalmente veio. A rainha estava de volta e a resistência finalmente era possível.

Gregar Typho esfregou os olhos e se preparou para lutar.

Sabé ficou aos fundos da reunião enquanto Panás apresentava o plano para aquilo que ela já vinha pensando como a Batalha de Naboo. Haveria três frentes. O exército Gungan enfrentaria a maior parte dos droides em terreno aberto, do lado de fora da cidade. Era a força que estava tentando exterminá-los, então os Gungans estavam loucos para lutar. A segunda frente seria no espaço. Panás e os Jedi levariam os pilotos até o hangar para que o máximo deles pudesse decolar, depois seguiriam para a sala do trono. A terceira frente seria na própria cidade. Assim que o combate iniciasse, uma força separada liderada por Mariek Panás chamaria o máximo de cidadãos de Naboo que encontrassem para tentar espalhar a notícia do que estava acontecendo na cidade por meio dos comunicadores de curto alcance.

Era quase um alívio que todos os presentes soubessem que ela era uma fraude. Se ainda estivesse atuando como Amidala, estaria na frente, tentando coordenar as expressões faciais de Padmé em alguma resposta adequada. Era muito mais fácil daquele jeito, observar e se preocupar em proteger a rainha mais tarde. Panás as dispensara para que pudessem fazer preparações de última hora, e Sabé se afastou alguns passos do grupo principal para recompor seus pensamentos.

— Qual é o seu nome? — alguém perguntou. Ela se virou. Era Anakin Skywalker, olhando diretamente para ela. Nenhum dos Jedi havia perguntado.

— Sabé — ela se apresentou. Não havia motivo para manter segredo. Ele partiria e ela provavelmente nunca mais ouviria falar dele.

— É um prazer conhecê-la, Sabé — ele disse. — Obrigado por mantê-la segura.

Qui-Gon o chamou e ele foi embora. Sabé ficou estranhamente comovida.

As damas de companhia se juntaram enquanto Padmé discutia os últimos detalhes com Panás e os Jedi. Todas receberam blasters para a iminente batalha. Elas foram treinadas em combate tanto corpo a corpo quanto à distância, mas nenhuma delas se sentia muito preparada.

Todas viram as marcas na pele de Saché, mas ela não revelou nada sobre aquilo e as outras hesitaram em perguntar. Em vez disso, Rabé contou tudo o que havia acontecido em Coruscant. Elas tentaram preencher o tempo, mas não havia nada que alguma delas quisesse dizer. Tudo o que podiam fazer era esperar a ordem para começarem a marchar.

Finalmente, o último batalhão de Gungans partiu em direção à planície verdejante onde o combate aconteceria. O resto embarcou em speeders e seguiu para a capital.

Acontecesse o que acontecesse, eles alcançariam a sala do trono.

CAPÍTULO 24

O PLANO DE BATALHA desmoronou quase imediatamente. Assim que os pilotos conseguiram escapar, uma figura sombria empunhando uma lâmina vermelha apareceu no hangar, bloqueando o acesso principal para o palácio. Padmé declarou que eles tomariam o caminho mais longo e deixou os Jedi cuidarem daquela luta. Sabé não queria estar perto da pessoa que os estava atacando, mas também ficou preocupada por abandoná-los. Sem os Jedi, o plano de tomarem a sala do trono se tornou mais complicado.

As duas equipes se separaram, com Sabé seguindo para os jardins do palácio e Padmé seguindo pelos corredores. Sabé tentou não pensar em como os outros estavam se saindo. Sabia que os Jedi provavelmente cuidariam de si mesmos, mas os Gungans encaravam uma situação realmente difícil e dependiam por completo dos pilotos de Naboo destruindo a nave de controle. Ela se concentrou nos droides à sua frente e, sentindo o blaster nas mãos, moveu-se pelo palácio o mais rápido que podia.

— Sabé!

Alguém chamou seu nome e Sabé se virou para ver o grupo de Rabé em um corredor que não deveria fazer parte de sua rota. O grupo era pequeno demais: Padmé não estava com eles. Sabé chamou a atenção de sua equipe e juntou os dois grupos.

— Qual é a situação? — ela perguntou, decidindo que aquilo era o que Panás faria.

— Eles estão bem — respondeu Rabé. — Nós fomos bloqueados em um corredor e eles usaram disparadores de gancho como atalho.

Um peso sumiu do peito de Sabé.

— O palácio está cheio de droides, mesmo com a manobra dos Gungans — um guarda informou. — Ainda estamos tentando chegar à sala do trono, caso precisem de nós.

— Caso ela precise de mim — Sabé disse. — Nossa rota não estava livre, mas não foi tão difícil. Venham com a gente.

Sabé faria todo o possível. Dessa vez, não haveria espaço para erros. Se fosse chamada para ser a rainha, teria de agir imediatamente. Nunca sentira tanto medo em toda a sua vida.

Anakin Skywalker gostava de voar.

Mariek e Tonra subiram correndo as escadas para as torres que cercavam a praça do mercado. Usando o mapa tecido por Yané, eles sabiam qual torre continha menos droides naquela hora do dia, então decidiram seu alvo. Foi uma luta difícil, como qualquer disputa com blasters em um espaço pequeno, mas os dois conseguiram superar os droides. Dali, tomaram controle do canhão da torre e destruíram os outros pontos de vigia.

Não foi um sinal combinado anteriormente, mas os guardas que ainda estavam no acampamento sabiam que deveriam esperar algo em algum momento, e a destruição das torres da Federação de Comércio foi um óbvio chamado para a ação. Sob considerável risco, atacaram os droides de combate, tentando acertá-los onde seus corpos eram mais vulneráveis e imediatamente roubando seus blasters. A maioria foi bem-sucedida, embora nenhum deles tenha escapado sem ao menos algum ferimento leve.

Usan Ollin estava diante da porta de seu escritório, gritando ordens para droides ocupados demais para prestar atenção nela. Mariek viu a oportunidade, e era tentadora demais para deixar passar. Deixando Tonra encarregado dos canhões, ela desceu as escadas correndo até o acampamento principal e atravessou uma última vez a praça do mercado arruinada. Poderia ter parado para apanhar um blaster, mas não fez isso. Ela derrubou o droide mais perto de Ollin e, quando a lata-velha caiu, deu um soco na cara da supervisora.

Anakin Skywalker *realmente* gostava de voar.

Quando o capitão Panás implementou as damas de companhia como a guarda pessoal da rainha Amidala, havia introduzido um grande número de peças em um tabuleiro de altíssimo risco. Ele tinha suas metodologias, a rainha tinha as dela e cada dama de companhia trouxera algo diferente para a mistura. Podia ter dado muito errado, mas as garotas trabalhavam duro e se adaptavam a cada cenário que encontravam. Não era um sistema perfeito, ainda não, mas todos rapidamente se acomodaram em seus papéis.

Ele havia selecionado Tsabin porque ela estava acostumada a ser a segunda melhor. Estava acostumada a não ser notada pelas pessoas enquanto desempenhava sua parte. Estava acostumada a ficar longe dos holofotes e da mente das pessoas. Tsabin havia tentado convencer os Gungans a se juntar à luta, e Tsabin havia fracassado. Sabé estava determinada a que essa fosse a última vez.

Quando chegou à sala do trono, ela avaliou a situação rapidamente. Seu coração afundou. Havia droides demais. Nute Gunray havia dominado Padmé e achava que ela era Amidala. Eles estavam em menor número e em total desvantagem, mas haviam alcançado seu objetivo principal. Estavam na sala do trono. Tudo que Padmé precisava era um momento. Uma distração.

Uma dublê.

Sabé começou a se mover antes de terminar de pensar. Deixou a relativa segurança dos guardas que a cercavam e correu na direção da sala do trono. Eles a seguiram, como ela sabia que fariam. Ela ficou bem à vista dos Neimoidianos e seus droides.

— Vice-rei! — ela chamou com a voz da rainha. — Sua ocupação termina agora.

E então correu.

Ela voltou e passou entre a linha dos guardas, seus passos atingindo com força o chão de mármore do corredor enquanto os droides saíram em seu encalço. Ela se movia tão depressa que o ornamento de cabeça que usava se soltou das presilhas e pendeu para trás. Ela ouviu o som das portas se fechando e selando a sala do trono e soube que sua jogada desesperada havia funcionado. Os droides estavam do lado dela da porta, e Padmé estava do outro, com a pistola real nas mãos. Tudo que Sabé precisava fazer agora era se manter viva.

Os droides a seguiram sem realizar uma análise tática da direção para onde ela estava correndo e deram de cara com uma muralha de guardas. Quando Sabé conseguiu se virar, a maioria dos droides estava caída. Ela ainda derrubou um deles, e então o som de tiros de blaster cessou. No silêncio, podia ouvir seu coração batendo. Ela não tinha ideia do que estava acontecendo na sala do trono. Só podia confiar que tudo havia acontecido como esperava.

Padmé Amidala se saíra vitoriosa em sua sala do trono, com o vice-rei à sua mercê e o planeta de volta sob seu controle. Ela baixou o blaster e olhou ao redor da sala. Havia marcas de carbono no chão e arranhões onde o metal havia sido arrastado sobre o mármore. Algumas das instalações artísticas foram destruídas e mais de uma janela fora quebrada. O resto de Theed provavelmente estava da mesma maneira, mas haveria tempo para isso depois de discutir o novo tratado.

Os edifícios estavam danificados, mas era possível consertar. As pessoas estavam famintas, mas era possível alimentá-las. E, mais uma vez, Naboo pertencia a seu povo.

CAPÍTULO 25

A PRIMEIRA COISA QUE precisavam fazer era enterrar os mortos.

Os Gungans levaram seus guerreiros caídos para seu local sagrado. Amidala foi convidada a acompanhar o funeral, mas não havia tempo. Ela enviou Eirtaé e Yané, que deram um relato completo da tocante cerimônia quando retornaram.

Os mortos de Naboo foram enviados para suas famílias ou enterrados no cemitério da cidade. Todos que morreram na batalha teriam o brasão da rainha esculpido em suas lápides e Padmé decidiu que, um ano depois, viajaria pelo planeta visitando as lápides e realizando memoriais.

Os droides foram recolhidos e derretidos. Eram feitos de material de alta qualidade. Seriam reciclados em postes de cercas, treliças de jardim e arte.

Qui-Gon Jinn foi colocado em uma pira, perto da cachoeira no penhasco ao final do rio. Eles esperaram antes de cremá-lo até que o Conselho Jedi chegasse para acompanhar o funeral. O chanceler-eleito Palpatine chegaria junto com os Jedi, e Padmé estava ansiosa para parabenizá-lo quase tanto quanto estava ansiosa para entregar Nute Gunray para a justiça da República.

Um funeral Jedi era uma ocasião solene, e Padmé sabia que era uma grande honra para os habitantes de Naboo cuidar de seus restos mortais. Ela usou o vestido púrpura de novo, mas dessa vez todas as damas de companhia a ajudaram a se vestir. Yané arrumou o ornamento de cabeça e Rabé fez a maquiagem. Saché poliu os sapatos dela e Eirtaé fechou as presilhas nas costas. Sabé baixou o veludo pesado para deixar a seda leve mais visível, e a rainha Amidala estava pronta para o velório.

A cerimônia em si foi simples. Ninguém falou, exceto discretamente entre eles. Em vez de discursos, eles observaram quando a pira sob o corpo de Qui-Gon foi acesa em uma brilhante fogueira, e continuaram assistindo até ele ser reduzido a cinzas. A dor de Padmé parecia mais pessoal do que ela esperava. O Mestre Jedi havia confiado nela mesmo sabendo que ela mantinha segredos, deixou que ela tentasse manter controle de uma situação incrivelmente imprevisível e respeitou o julgamento dela o suficiente para ao menos ouvir os argumentos que tinha. Ela nunca teria a chance de agradecer por tudo isso. Eles nunca teriam a chance de olhar para trás e rir do absurdo que passaram juntos. Isso sempre seria uma ferida aberta.

Os Jedi se retiraram da pira sozinhos ou em pares, misteriosos e tristes de um jeito que era difícil de descrever. Obi-Wan e Anakin ficaram até a última brasa se apagar, assim como a rainha e sua corte. O ar noturno estava gelado e todos estavam exaustos, mas era a melhor maneira de demonstrar sua gratidão ao Jedi de fala mansa que havia arriscado tanto e entregado tudo para salvar o lar deles.

Quando a música terminou e as pétalas de flores foram varridas da praça, a rainha Amidala e suas damas de companhia se reuniram na varanda onde haviam sido capturadas pela Federação de Comércio. Os Jedi se foram e, junto com eles, Anakin Skywalker. A maioria das pessoas em Naboo não saberia o que ele fizera pelo planeta, mas aqueles que sabiam nunca esqueceriam.

Sabé trouxe seu hallikset para a varanda. Não tocava havia meses, mas abrir a maleta foi como voltar para casa. Ela montou as peças e checou a afinação. No passado, aquele instrumento era sua obrigação. Seu trabalho. Seu dever. No passado, a música que ela tocava preenchia seu coração enquanto seus fracassos o drenavam. Mas agora ela era outra pessoa.

Cercada por suas amigas e debaixo do límpido céu azul de Naboo, ela começou a tocar.

A GAROTA DO VESTIDO *branco tinha o cérebro da mãe e o coração do pai, e uma fagulha que era toda própria. Uma inteligência, uma direção e uma compaixão tão brilhantes quanto as estrelas. Mas agora estava sozinha e ninguém poderia ajudá-la. Independentemente do que acontecesse, de como fosse registrado e de como fosse lembrado, ela estava sozinha.*

Desde pequena, ela queria ajudar. Seu pai frequentemente viajava para fora do planeta e só depois dos dezesseis anos ela tentou agir por conta própria. Não acabou muito bem, mas ela aprendeu uma valiosa lição e ganhou a confiança de seus pais no processo. Quando alcançou o topo do Pico Appenza, seu planeta se estendendo no horizonte em lindos tons de azul e verde até onde a vista alcançava, ela soube que nunca veria algo tão bonito quanto seu lar.

Sempre soube que foi um grande privilégio ter sido adotada por aquela família e o que isso significaria para ela quando chegasse o momento de tomar o lugar de sua mãe no trono. Ela trabalhou duro para se tornar digna, mesmo as partes que não gostava. Ela abriu mão de sua dignidade e liberdade e, uma vez, de um garoto que amava, e sabia que sempre faria o mesmo pelo povo que ela um dia governaria.

Mas agora — agora nunca viveria os sonhos que seus pais tinham para ela. Nunca se elevaria tão alto quanto eles esperavam. O trono se foi e a montanha se foi e eles se foram, e ela sentia como se fosse a única restante. Mas isso não a impediria.

Quanto mais pensava sobre aquilo, mais ela entendia que gerenciar uma rebelião ou um planeta não eram tão diferentes quanto ela pensava. Ambos pediam um sacrifício de si mesma, e ambos pediam um entendimento de ser uma parte pequena de um todo maior. A esperança da Rebelião era forte, mas sua lista de aliados era curta. Ela sabia que estava à altura do desafio.

E agora estava sozinha, mesmo cercada de pessoas no salão. Ela podia ver outros Alderaanianos na primeira fila, de queixo erguido como se suas almas não estivessem destroçadas por uma perda que era quase impossível de quantificar. A batalha havia acabado e era hora de celebrar. Mas, em seu coração, ela sabia que a guerra seria longa. Sempre soube. Ela se preparou para a luta e continuaria lutando enquanto respirasse.

A música começou e as grandes portas ao fundo do salão se abriram para revelar os Heróis da Rebelião. De repente, ela não se sentiu mais tão sozinha.

A garota do vestido branco nunca seria rainha, mas ela estava pronta.

AGRADECIMENTOS

OBRIGADA, COMO SEMPRE, A JOSH, que me ligou dez minutos depois de receber meu *e-mail*, "Ei, você acha que podemos conseguir um livro de *Star Wars*?", naquela manhã fria de dezembro de 2014. Tinha um título diferente e, hum, um enredo diferente, mas o coração era o mesmo e Josh me ajudou a enxergar.

Jen Heddle continua extraordinária, caso alguém esteja contando. Obrigada por sempre me deixar correr riscos e depois se certificar de que eu acerte no final. E por aquela cena que fizemos questão de usar para que alguém precise acrescentar uma página na Wookieepedia sobre menstruação. O que vem em seguida?

O Lucasfilm Story Group continua contendo algumas das minhas pessoas favoritas, mesmo quando eu não faço perguntas específicas o bastante, resultando em Leland me dando oito planetas (o que eu tinha pedido) e depois Pablo me dizendo que, na verdade, são VÁRIAS DEZENAS DE PLANETAS. As anotações de Matt sempre me fazem rir. Emily, provavelmente vou contar a pessoas demais que eu estava certa sobre os pilotos, então fique à vontade para lembrar a todos que eu literalmente nunca consigo lembrar o nome de nenhuma das naves.

Leigh e Tara, vocês fizeram minhas palavras parecerem lindas (de novo!) e fiquei muito, muito satisfeita com todo o pacote. Um brinde para muitos outros vestidos.

Michael Siglain, Lyssa Hurvitz, Dina Sherman e o resto da Team Space Mouse, obrigada por espalharem a notícia. Para meus colegas escritores de *Star Wars*: é sempre um prazer compartilhar essa galáxia com vocês e pegar emprestado coisas legais. Eu não arruinei o Panás. Isso é culpa da Claudia.

Emma, como sempre, acho que sou sensitiva da Força.

Davis, você gostou de *A Ameaça Fantasma* e eu respirei aliviada. Amo muito você. O seu entusiasmo por *Star Wars* aumenta minha alegria sempre que penso nisso.

E, finalmente, obrigada a Dot, que fez piada com My Chemical Romance exatamente no momento certo da minha vida. Acho que foi o destino.

O *Desafio da Rainha* começou na cabeça da autora em 1999, foi escrito em setembro de 2019, em uma névoa de *Mindhunter* e *My Little Pony*, e editado impiedosamente por toda a América do Norte.